創元ライブラリ

十二章のイタリア

内田洋子

JN080504

東京創元社

目次

十二章のイタリア

1 辞書

春が来ると、甘い空気を吸い込みながら大学の正門をくぐったときの高らかな気持ちを思い出す。もう四十年も昔のことで、世の中も母校も自分もすっかり変わってしまった。遠い景色は春霞《はるがすみ》の中にすっかりぼやけて、大学生だった頃の自分と今とを結ぶ線はおぼろげになっている。

入学した東京外国語大学のイタリア語学科は、その年は入学を辞退した人もあり、十数名からなる一クラスきりの小さな学科だった。他にも世界各国の語学科があり、各語学科の規模はそのまま当時の日本とその国との関係の深さを暗示しているようで興味深かった。定員枠が大きかったのは、英米語学科やフランス語、スペイン語学科などだった。

人数の多い語学科には、気のせいか、リーダー的なオーラがあった。新入生も先輩も皆そろって、堂々としている。一クラスでは収まらず二、三クラスに分かれていて、教室の場所も主要校舎の真ん中にあったのではなかったか。日の当たる語学科、という印象が強かった。これからの人生は安泰、という自信に満ちているようにも見えた。同じラテン語圏のフランスやスペインと比べると、当時イタリア語学科は地味で、それほど人気のある学科ではなかった。二十人の枠。それなのになぜ、私はイタリア語学科を選んだのか。確固とした理由などなかった。学ぶことを具体的に選べるほど、イタリアのことを私は知らなかった。ただ、大勢が行く目抜き通りは避けて脇道や路地を探ってみたい、というような少々のひねくれた気持ちと漠然とした好奇心で選んだように覚えている。

最初の授業のとき、語学や文学、思想史など各専門科目の担当教官が教室に集まり、イタリア語を選んだ理由を自己紹介代わりに述べるように、と言った。

クラスは地方出身の男子学生が過半数で、順々にイタリアの美術や音楽についての憧れや敬意を口にした。個別に芸術家の名前や作品名を挙げる人までいた。中世やルネサンス、近世が頭の中でぐるぐると回ったが、私は皆が賞賛した芸術の何も知らず、教室の端で自分の順番が来るのを身をすくめて待った。

海の近くで生まれた私に、「太平洋を渡るような人生を」と、祖父は名前を付けた。平凡に思えた名前はそれでも、育つにつれて対面するそのときどきの分岐点で、絶妙な水先案内をしてくれたように思う。

高校から先は大人への入り口で、生半可な気持ちでは進路は決められない。そうは思うものの十代までの経験などたかが知れていて、どういうこれからが待ち受けているのか、皆目見当が付かない。

進路を決めかねていたある日曜日の午後、一人で家にいて、空《くう》に浮いたような自分の現況を持て余していた。点けっ放しのテレビからは、再放送らしい古びた映画が流れている。

〈天気の良い休日の昼過ぎに、家でテレビを見ている高校生などいるのだろうか……〉

何となく見始めたその映画は、音楽も台詞の言い回しや話す速さもすべてがいかにも前時代的だった。

『ブラザー・サン　シスター・ムーン』

画面いっぱいに、果てしなく麦畑が広がっている。首《こうべ》を垂れた黄金色の穂がびっしりと並び、いっせいに風に揺らいでいる。その向こうには、若草色の丘陵がなだらかに連なっている。農耕地の切れたところから青空が始まり、雲が太く白い縞模様を成している。麦をかき分けるようにして、青年が一心不乱に走る。

私と同じ年頃だろうか、と思いながら画面に見入る。

青年はうれしくてならず高まる気持ちを抱え切れなくなって、思わず駆け出したらしい。天の青と白、地の黄金、緑の縞が寄せては返す大海原の波のように見える。

〈海の向こうに行ってみよう〉

画面の中の見知らぬ風景を見ながら、唐突に私は思った。

そして、黄金の麦畑はイタリア中部地方の光景と知った。

「本学は会話学校ではありませんので、そのつもりで」

語学の最初の授業の日、教授は私たちに教科書を配り終えると、静かに、でもきっぱりと言った。イタリア語文法の教科書は、人差し指と親指で摘《つま》めるほど簡素だった。教授は、片手に取りパラパラとページを繰ってみせ、

「夏休みまでに終えてしまいましょう」

淡々と告げた。

それまで唯一関わりのあった外国語は英語で、中学高校六年かけて学び苦心惨憺《くしんさんたん》した割にはたいした成果がなかった。それなのにイタリア語を、片手でパラパラ二か月半、で終えることができるのか。

教科書の表紙は、本文の紙よりやや厚めという程度だった。大学からの帰路、文房具店に寄ってヨーロッパ風の包装紙を買い、早速カバーをかけた。手の中にイタリアを包み込んだようで、うれしかった。

人差し指と親指の間でイタリアを摘める、と思ったのはしかし大いなる幻想だった。教授たちの説明は、格調高く丁寧だった。少しの寄り道もせず雑談にとらわれることなく、まっすぐ前を向いて進んでいった。ぼんやり窓の外に気を取られたりしようものならその間に現在形から近未来へと進んでしまい、気付いたときにはもう条件法だの接続法だの、見知らぬイタリア語の世界が待ち受けていたりした。そして梅雨が

明けた頃、教授は予告したとおり、文法の授業をすべて終えた。

「秋までに、どうでしょうか」

夏休み前の最後の授業で、教授は大判の本を見せた。古典文学で、もちろん原書だった。いまだ動詞の現在形あたりでもがいていた私は、越えられない高い山に行く手をふさがれたように思った。新しい教材はずしりとした手ごたえがあり、文学の重みを実感した。


外国語をものにして未知の世界へ飛び出そう、と意気込んでいたのに、来る日も来る日も私たちは俯《うつむ》いて過ごした。授業までに下調べは間に合わず、休憩時間も昼食をとりながらも、授業中も放課後も、常に辞書を引いていたからだ。

引いても引いても、少しも先へ進まない。一行のうち辞書なしで読めるのは句読点とかぎ括弧《かっこ》だけ、という箇所も多い。辞書と首っ引きの毎日を送り、溜め息を吐くたびに、まだ見ぬイタリアはますます彼方へと遠ざかっていった。

そもそも当時は、充実した日伊辞典が存在しなかった。唯一市販されていたのは数十年前の監修のまま古く、しかも薄く、イタリア語を引くうちに古色蒼然とした日本語と遭遇し、今度は現代国語辞典を引くことになり頭を抱える、ということも多かった。やっと調べ終わると、すぐ前の行で調べた言葉をもう忘れている。到着点の知れない勉強を前に、私は途方に暮れた。

「伊伊か伊英辞典を使えば済むことです」

相談すると、教授はこともなげに言うのだった。

前夜までに家で予習が間に合わなければ、時代遅れの伊和辞典、現代国語辞典、伊英辞典、英和辞典をひとそろえ抱えて大学へ行くこともあった。

一語ごとに辞書を引くたびに、一歩ずつ深い森に踏み入っていくような気分だった。いったん入り込むと、簡単には抜け出せない。いよいよ迷ったか、と観念すると突然、目の前に抜け道が見つかったりする。そういう経験を繰り返すうちに数年が流れ、イタリアへほんの少しずつ近づいていった。

待ちかねた新訳の伊和辞典が発売されたのは、大学を出てからである。言語学や文学、思想に哲学、歴史、政治や経済学など、すべて探検半ばのまま背後に置いてきたばかりだった。

〈あのときこれが手もとにあったなら〉

書店に並んだ辞書を見て、失った時間を取り戻したいような気持ちで刷りたての分厚い辞書を購入した。

それほど辞書に埋もれた大学時代を送ったのに、世の中にイタリア語を使う仕事は見つからなかった。いくらイタリアがファッション大国だといっても、ビジネスの主要言語は英語かスペイン語ときまっていた。樹海で迷う程度のイタリア語ではかえって足手まといになるばかりで、辞書との首っ引きの数年間はいったい何のためだったのか、とつくづく落胆した。

空しい気分で歩いていたある日、上映中のイタリア映画のポスターが目に入った。『カオス・シチリア物語』。社会の実情を幻想的な映像にすることで知られる、タヴィアーニ兄弟監督の作品だった。オムニバスで、長く、暗くて難しそうな映画らしい。それでも意気消沈しているところに思いがけず旧友に出会ったように感じ、早速映画館に飛び込んだ。

客席は、がら空きだった。

ノーベル文学賞を受賞したイタリア人作家、ルイジ・ピランデッロの短編集からいくつかの作品を抜粋して一本に仕立ててあった。原作はまさに、何冊もの辞書を引き苦労して勉強した古典だった。

イタリアは眩《まぶ》しい陽光に包まれているはずなのに、画面には漆黒の闇や木々の間を不吉な音を立てて吹き抜ける風、獣のようにうめく男、砂埃にまみれた寒村、青白い月、長い喪服の裾を引きずる老女、などが現れては物語を成し、消えていく。それを空の上から、鳥が黒く鋭い目でじっと見つめている。

字面《じづら》ではすでに対面し知り尽くしていたつもりのイタリアは、そこにはなかった。そして画面に出てくる人たちはたしかに皆イタリア人のはずなのに、私には話していることが少しもわからないのだった。日本語の字幕を読むのはいかにも悔しく、ひと言も聞き逃すものかと懸命に聴き入るのに、やはりわからない。

舞台は、百年前のシチリアだった。

突然、眩しいほどに画面の中が輝いたかと思うと、全面に真っ青な空と太陽、海が現れた。子供たちが下着姿になって、白い砂浜を駆けていく。その先には海に向かって滑り落ちてくるような急斜面があり、細かな砂土で覆われている。子供たちは懸命に斜面を這い上がったかと思うと、いっせいにそこから眼下の海に向かって両手を広げ砂山を走り下り、大海原へと飛び込んでいくのだった。

次々と、海に飛び込む子供たち。群青色の海の中で白い下着がふわりと広がり、空に浮かぶ雲なのか海なのか、見分けが付かない。子供たちは一生懸命に波をかいては、沖へ沖へと泳いでいく。

その場面を見たとたん、進路に迷っていたとき家で見た映画で、黄金の麦穂が波打つ中を駆けていった青年の姿を思い出した。

海が待っている。海の向こうに行かなくては。

映画館から出た私は、すっかり気持ちも身も軽くなっていた。

仕事がないのなら、自分で創ればいいではないか。

しかし海を渡るといっても行く先にあてがあるわけでもなく、何をどうしたら仕事になるのか、果たして生計が立てられるのか、さっぱり見通しは立っていなかった。

それでもかまわず、少々の着替えと東京で知り合ったイタリア人脚本家の電話番号に伊和辞典を携えて、私は一人でイタリアへ発った。

ミラノ市南部に位置するこの一帯には古くから職人たちが工房を構え、建築資材や工芸品を扱う問屋や商店で賑《にぎ》わってきた。市外へと通じる道に近く、物流や人の往来に便利だったからだろう。工房のそばに家族を呼び寄せ、家を持つ職人たちも多かった。今でも界隈には、庶民的ながら独創性に富んだ空気が流れている。自由闊達さに惹かれた芸術家や建築家、詩人や舞台関係者たちが多く住む。サラリーマンや公務員とは少々異なる、世の中を斜に構えて見るような人たちの暮らしぶりがそのまま地区の特色となり、一筋縄ではいかない嚙み応えのあるミラノがここにはある。

活気に溢れた表通りから一つ角を曲がると、幅の狭い一方通行の通りに入った。昼間だというのに、走り抜ける車はほとんどない。店舗もなく、通りを歩く人もいない。

番地を繰り返し確認して、恐る恐る呼び鈴を押した。

「どうぞ。入って右にある階段を上がっていらっしゃい」

咳払いに続いて、低い声が聞こえた。声は嗄《か》れているけれど、しっかりと小気味のよい口調だ。

私が訪ねようとしている先は、東京で知り合ったイタリア人脚本家の母親宅である。

「八十歳を過ぎていても、僕よりずっとしっかりしていてね。そろそろ一人暮らしはやめてもらいたいのだけれど、なにしろ頑固で」

息子は母親を呼び寄せようとしたが、断固として応じない。夫に先立たれてから女手ひとつで一人息子を育て、息子が独立してからの四十年近く一人暮らしをしてきたのだ。いまさら息子やその嫁、孫たちに合わせては暮らせない。

訪ねてくる親戚や友人たちに、「人助けだと思って」と、母親の家に投宿してくれるように息子は頼んでいる。客を泊めるとなると老母は喜び、家の主役に戻って生き生きとする。たとえ短期間でも赤の他人であっても、母親のそばにいてくれる人がいれば息子は安心なのだった。

私は一も二もなく脚本家からの招待を受け、彼の母親宅へやってきた。大学を出たての私にとって、六十歳余りも年上の彼女に会うことは、イタリアの歴史の教科書を開くことに等しかった。イタリアのことどころか、世の中全般についてよくわかっていないのだ。生き方のいろはを習いに行くようなものだった。

レリーフの彫られた仰々しい玄関構えに比べると、建物の中はずっと質素だった。古い階段は、威厳はあるものの段はすり減って真ん中が凹《へこ》んだまま手入れはされておらず、隅には石壁からはがれ落ちた砂塵が溜まっている。

「ここの入り口は陰気でしょう?」

ハキハキした口調で、老母は顔じゅうを皺だらけにして笑い、私を家の中へ招き入れた。

それまで大学でもアルバイト先でも、旅行でも、イタリアの老人と言葉を交わすことはもちろん、間近に見る機会すらなかった。そのことに私は初めて気が付いて、あらためて目の前の老母をしげしげと眺め挨拶をし直した。

「そんなに珍しい?」

彼女は、荷物を持って突っ立ったままの私をからかうように声をかけ、返事を待たずに廊下を先に歩き、こちらへどうぞ、と右手をひらりと振ってついてくるよう合図した。

小柄な彼女の背中は、肩甲骨のあたりで前に丸く曲がっている。細い肩から腰まではごく短くて、ミディ丈のプリーツスカートのウエストが胸元まで迫り上がっているように見える。ほっそりした膝下が見え、黒いカーフのローヒールパンプスが光っている。歩くたびに、かすかな花の香りが後ろへ漂う。甘くもなく乾いてもいない、控え目で優しい匂いだった。

通された奥の間は、壁一面に窓があるのに雨戸が閉まったままで真っ暗である。老母は壁際の小さなテーブルに載ったスタンドと隅のフロアスタンドを点け、絨毯《じゅうたん》とそろいのモスグリーンの一人がけの椅子に座り、私には向かい側のソファを勧めた。二人がけのソファと椅子と小テーブル、部屋の隅に置かれた飾り棚でいっぱいになる、こぢんまりとした居間だった。スタンドの明かりは低く、部屋全体を照らすには足りない。

「あまり眺めのよくない窓でしてね」

老母が顎《あご》を上げて、ちょっと覗《のぞ》いてみますか、と雨戸を開くようにジェスチャーで促した。

〈SEX SHOP〉

雨戸を開けたとたん、強烈なピンク色の電光掲示板が目に飛び込んだ。下の通りにもその店先にも、人影はない。

「昔から、色ものの店が入れ替わり立ち替わりで。店の奥には簡易食堂もあって、気に入ったウエイトレスを指名して二階の部屋でいっしょに休憩できるようになっているのですよ」

気に入ったウエイトレス、というより、もともと客を待ち受けるための食堂なのだろう。現在の店になる前は、秘密クラブだったらしい。会員制で、女性客はお断り。入り口は別の建物にあり、そこから専用の地下道に入って抜けるとクラブの中、という構造だったという。

「クラブ時代には、即興で舞台を始める役者や演奏家などもいたのですけれどね」

老母は懐かしむように目を細めた。以前、「両親とも舞台関係者だった」と、友人が話していたのを思い出す。

「もう前世のことですよ」

彼女は静かに笑って、取り合わない。

居間の壁には、五、六点の油絵が簡素な木の額に入って掛かっている。大きさはさまざまで、前衛的なものもあれば風景画もある。異なる画家によるものなのだろう。どの絵も居間同様、沈んだ色彩である。

老母は、くすんだ銀製の盆にカップ二客と小皿を載せ小卓に置くと、淹《い》れ立てのエスプレッソ・コーヒーを勧めてくれた。小皿には、ビターチョコレートの小さな数片が載っている。

「うちにはもう、まとまったそろいの食器がなくなってしまって」

デミタスカップは対《つい》ではないがどちらも花柄で、相当に年季ものなのだろう。小花の色は褪《あ》せ、ところどころ掠《かす》れている。しかし立派な新品よりもずっと雰囲気があり、コーヒーには過ぎた時が溶け込んだような濃厚な味わいが加わる。老母そのもの、と思いながら飲む。

それにしても、居ずまいの美しい女性だった。

一人がけのソファに座ると、彼女の小さく曲がった身体は沈み込んでしまう。床から少し浮いた足先を斜めにそろえ、スカートから細い膝頭が並んで見える。リウマチなのだ、という手は節々がいかつく突き出ているが、手振りで話すときの指先までの流れるような動きに見とれてしまう。

「家庭人としては失格でしたが、とても素敵な人でした」

夫は一度舞台に立つと、連絡もそこそこに長期間家に戻ってこなかった。ギャラを握りしめ、世の中の人の夢を誰よりも早く試してみせ、それでいっそう皆の憧憬《あこがれ》となった二枚目俳優だった。

どこまでが芝居でどこからが現実なのか、見失ってしまったのだろう。華やかなところからふつうの毎日への切り替えは、難しかったのかもしれない。夫はスポットライトを浴びて、虚の世界に生き続けた。日常生活は、地味で凡庸なことの繰り返しである。彼女は舞台から下りて、一人で家庭を守ることに専念した。

壁の絵と絵の間には三段ほどの棚が設《しつら》えられていて、銀の額縁に入った息子の幼かった頃の写真や、誰かしらの作品らしい彫像などが置いてある。彫像は飾りというよりも、ブックエンドの代わりらしかった。それほど数はないが、彫像の横に立派な背表紙が並んでいる。

本棚を眺めていると、老母はうれしそうに立ち上がり、分厚い一冊を引き抜いて手渡した。『独伊辞典』。角がすり切れて丸くなった焦げ茶の表紙に、掠れた金文字が見える。開くと、湿気た古新聞のような匂いがした。あらためて見ると、棚の大半がドイツ語の本である。

「巡業に出たまま数年ほど、夫が戻らなかった時期がありましてね。ちょっと大変でした」

彼女の父母も舞台の人だったらしい。母親はそこそこに名の知れた歌手だった。各地を公演で回っていた両親とはほとんどいっしょに暮らしたことがなく、ずっとスイスとの国境近くの寄宿学校に預けられて育った。学校のあった一帯はイタリアであってイタリアではなく、国語もそのときの世情に合わせてイタリア語だったりドイツ語だったり、ときにフランス語になったりした。

「ミラノの家で両親と暮らしたいのに、叶わない。イタリア語を使うとミラノのことを思い出し、母に会いたくなりました。それで悲しい気持ちに蓋をするように、だんだんドイツ語を話すようになったのです」

夫がいなくなると、収入も途絶える。幼い頃に習った編み物をしたり、裾あげや袖丈詰めで糊口《ここう》を凌《しの》ごうとしたが、幼子を抱えての生活には十分ではなかった。

〈あのドイツの言葉なんて〉

それでも躊躇している余裕などなかった。戦後の復興期にイタリアからドイツへ仕事を探しに移住していった人たちがいたように、彼女も商業翻訳から演劇関連のものまで、ドイツ語とイタリア語の間を往来しながら生活費を稼いだのである。

「年を取り文字を読むのは億劫になりましたけれども、ここにある本だけはどうしても手放せないのです」

幼い息子の写真の隣に並ぶ古い背表紙を見る。どれも歴史に残る、という類《たぐい》の作品ではない。それでも手に取ると、ずしりと重い。

突然、大学で俯いたまま過ごした数年間が、辞書を繰る手先の感触とともに目の前に浮かび上がった。薄紙を繰り続け、それでも字面のイタリアしか見えてこず、自分の行く先がわからなかった毎日を思い出す。

「たいしたものは何もないのですけれどね」

老母は色褪せた小花模様の茶碗を手に、傷《いた》んだ表紙の辞書や無名の小説を愛《いと》おしそうに見ている。

薄暗い居間で、小さな膝頭と伸ばした足先を斜めにそろえ一人がけのソファに背筋を伸ばして座る老女がいる。

それは、美しいイタリアだった。

2　電話帳

がらんとしている。家は天井までが四メートル半もあって、余計に閑散として見える。家具のない部屋の真ん中に立ち、声を出してみる。薄汚れた壁と天井に跳ね返って響く。声といっしょに空洞へ吸い込まれていくようで、少しおののく。
外国で居を構えることになるなんて、思いもよらなかった。

大学を出てから数年、東京でイタリア関連の仕事をしていた。百貨店のイタリアンフェアの通訳だったり、イタリア人の観光旅行のアテンドだったり。イタリア系銀行の東京支店に勤めたこともある。どれもこれも、単発で短期間で終わるものばかり。打ち上げ花火のような仕事が終わると、しんとして、再び振り出しに戻り職探しを繰り返した。

在学中ナポリにしばらく暮らし、イタリアとの将来をポケットに入れた気分で意気揚々と帰国したのに、いざ日本に戻ってみるとその経験の使い途《みち》がわからない。当時日本でヨーロッパといえばフランスやドイツ、イギリスが主流であり、イタリアはまったくの傍流だった。宙ぶらりんの身上のまま、時間ばかりが過ぎていった。

それでもせっかく手にしたイタリアを逃すのは無念で、機会を作ってはイタリアを再訪するうちに、日本とイタリアで過ごす時間が半々になった。両国の長短を知った気になり、それぞれの国で居心地よく過ごすコツと不快なことを避ける術《すべ》を身に付けたつもりになっていた。片方の足を日本に、もう片方はイタリアに置いて悠々と暮らしている気だったのである。二十代。すべてに駆け出しの頃である。二つの国を股にかけている自信はしょせん愚かな驕《おご》りに過ぎず、現実はどちらの国にも居場所を持たない根無し草だった。

そのうちふと、心底ほっとできる場所は移動中の飛行機の中であるのに気が付いた。太陽を追いかけて発ち、月に見送られて戻る。

位置も時刻も定まらない機上は、どこにも所属しない異次元だ。浮遊する空間は、ふらついた自分そのものだった。機内の隣席の人と肩が触れるほどそばにいて長時間を過ごすというのに、着陸してしまえばその縁は霧散する。気が向けば話し、面倒なら知らんふりしてやり過ごせばいい。気楽な一方、無味乾燥な関係だった。

〈居心地が悪くなれば移動すればいい〉

二国間の往来を繰り返すうちに、自分への関心ばかりが濃くなり、他人への情や興味が薄れていくように感じた。

「少しどこかに留まって、いったん足下《あしもと》を固めてみたらどう」

イタリアの知人から諭《さと》された。彼は五十を過ぎた今でこそミラノに落ち着いているが、若い頃は弾き語りで各地を放浪していたという。彼は誰とでもすぐに打ち解けるのに、どの人とも適度の距離を置く。独特な人間関係を築くようになったのは、自由気ままな半生を送ってきたからなのだろうか。

積極的に家探しをするつもりはなかったが、その知人が周囲に声をかけてくれ、何軒かを見て回った。

見知らぬ人の家を訪問するのは、未踏の地への旅に似ている。

老人が暮らす家を訪ねると、玄関のドアが開いたとたんに奥から饐《す》えた臭いがした。

長らく室内の空気を入れ換えていないのだろう。湿っぽい空気に、いろいろな匂いが混じっている。古い家具に染み込んだワックス。箪笥《たんす》にしまい込んだ服からの樟脳《しょうのう》の香り。家主その人の、老いた体臭。

「一人暮らしが長くなりました」

寝室には、彫り模様のある銀製の額縁に亡き妻らしい女性が、中年の姿のまま笑っている。

四十代に差し掛かったところ、という女性の家にも行った。会計事務所に勤めているという。こぢんまりとした家は質素で、細々《こまごま》とした飾り物が所狭しと置いてある。有名な絵画の複製。レースの服を着たアンティーク人形。居間に置かれた花瓶いっぱいに生けてあるのは、紙製のバラである。巧妙な細工で、花びらに触れてみるまで造花とわからない。花柄のソファベッドがくすんで見えるのは、長年使い込んで色褪せているからだ。室内はピンク系で統一されていて、食器やカーテンは花柄である。地方からミラノの大学に進学し一人暮らしを始めて以来、大切に使ってきた持ち物なのだ。二十年前には、華やかな花柄だったに違いない。付き合いの長い恋人とようやくいっしょに暮らすことに決めたのだ、と照れたように笑った。

広告代理店に勤めている四十代の男性は、長屋風の家に案内してくれた。築二百年という風情のある建物には緑の美しい中庭があり、表通りから外れているので室内にまで鳥の鳴き声が聞こえてくる。彼には育ち盛りの子供が二人いるのに離婚が決まって、ひと間だけのその家を売らなければならなくなった。名残惜《なごり》しそうに室内を見回している。「自分の書斎として使っていた」と説明したが、仮眠用にしては大き過ぎるベッドがあったりフロアランプは甘い色の明かりだったり、室内はどことなく艶《なまめ》かしかった。もしかしたらこの家で、離婚の原因となった秘密の逢瀬《おうせ》があったのかもしれない……。

何軒か回るうちに、素人なりにも立地の地区や日当たり、家の広さや状態から相場の見当が付くようになるものだ。私が見た家は、どれも法外に高かった。相場は目安に過ぎない。どの持ち主にとっても自分の家は何よりも貴く、簡単には手放したくないものだろう。他人の家を訪問することは、各人各様の家自慢と、そこで過ごした時間への鎮魂歌を聞くようなものなのだった。

適当なものが見つからず家探しはもう断念しようかと思っていたところに、降って湧いたように話があった。住んでいた借家が売りに出されることになり、「優先的に店子《たなこ》のあなたに売りたい」と、家主から打診された人に出会ったのである。一人で買うには広過ぎるので分割購入しないか、と私は持ちかけられた。

図面と写真で見る限り、魅力に乏しい家だった。長方形を真っ二つに割った間取り。窓は車の往来の激しい通りに面している。外壁は薄茶色のタイル仕上げで、排気ガスで黒ずみ、時代遅れの印象だ。内見に行くまでもないだろう。

「見てからでも遅くない」

断るつもりでいたのに、その家をよく知る知人に引っ張られて見に行った。

最上階にあるその家は、運河を見下ろす場所にあった。視界をさえぎる建物がなく、空の広いミラノが窓いっぱいに見える。それは、機内から見る風景とよく似ていた。ミラノなのに、ミラノでない。足は地に着いているのに、空を飛んでいるよう。

細長い飛行機に似た室内で、自分と対面したように思った。

長年、店子任せだった家は、ひどく傷んでいた。壁や天井の汚れはともかく、水回りは古く、窓は破れ、床も割れていて、大掛かりな改修工事が必要だった。それでも、日が暮れて電灯を点けると古びた室内がぼんやりと浮かび上がり、どの欠点も魅力的に見えた。

インターネットがなかった頃で、通信手段は電話かファックスに限られていた。イタリアには家庭用ファックスはまだ普及しておらず、日本からファックス兼用電話を持ち込んでミラノでの生活が始まった。

イタリアの友人たちは日本製の小型で多機能のファックスを珍しがり、わざわざ見に来る人もいた。家具のそろわない空っぽの家で最新型の電化製品は浮いて、ちぐはぐだった。

「いくら最先端の電話を置いても、かける先がないとね」

知人は笑い、電話帳を贈ってくれた。

表紙も中のページも黄色の分厚い電話帳を広げると、ミラノ市内と近郊の町別にさまざまな職種が並んでいる。個人商店に大型店、水道やガス、電気などの専門業者、自動車修理工場に自動車販売、学校、病院、美容院、ホテルにレストラン、バール……。

近所にピッツァ店があれば便利、と項目を辿ってみると、何ページにもわたってピッツァ店が記載されている。

〈アンドレアのピッツァ屋〉

〈ピッツァ・ポンペイ〉

〈真っ赤なトマト〉

〈ミラノ風が自慢：マドンナの窯〉

店名の脇に電話番号、その下に住所。二行分のスペースを買ったのだろう。〈**ナポリより旨い！**〉とゴシック体で一行の惹句が躍る店もある。

指先でひとつずつ追ううちに、一日もあればひと回りできてしまうミラノがとてつもなく広い町に思えてくるのだった。


ぽっかり時間が空《あ》くと、私は空っぽの家で電話帳を丹念に繰った。

バールと美容院だけでミラノは出来ているのではないか、と思うほど多数の店がひしめいている。靴店や洋品店も数え切れない。思いのほか銀行も多い。弁護士事務所に建築設計事務所。個人診療所は専門ごとに細かく分かれて開業していて、まるで症例の一覧を見るようだ。

〈24時間いつでもあなたを救います〉

全面広告が目に入る。歯科医院。診察費はさぞ高いに違いない。

びっしりと並ぶ職名と電話番号が紙面から起き上がり、いっせいに話しかけてくるように感じる。電話番号の数だけ、働くミラノがある。ひとつひとつが町を作り上げている細胞だ。


拠点を持ち、暮らすようになって初めて、生きた町が見えてくる。

まだ店も開いていない早朝、路面電車が近くの車庫から出てくる。日中には気が付かなかった振動が、古い敷石を伝って響き寄る。それに合わせて、道沿いの店のシャッターが細かく震えている。

バールへ新聞や雑誌を届けるために、キオスクの店主が自転車で走る。力強い路面電車の車輪の音と、軽やかに急ぐ朝の自転車のペダルの音が並んで聞こえてくる。

晩秋に木々は次々と散らした葉で公園を染めたあと黒く乾いた梢《こずえ》で冬を過ごし、突然、枝いっぱいに白い大きな花を付けて春を迎える。

夜更けて帰路を急いでいると、道端でうずくまっているホームレスに、近所のバールの店主がワインをコップに一杯とピッツァ一片を振る舞っている。夜霧と闇に紛れて、二人の顔まではよく見えない。

住まなければ知らなかったミラノと、少しずつ出会っていった。

〈町の生き生きした様子をそのまま日本に持ち帰り、紹介できないものだろうか〉

往来を繰り返しながら、私が双方の国へ携えていくのは物ばかりだった。ミラノファッションがパリに追いつきとうとう抜いたか、という頃である。洋服に留まらず自動車や家具、生活用品など、あらゆる分野でイタリアはデザインで世界を席巻していた。

一方〈軽薄短小〉の全盛時代だった日本からは、性能もデザインもコストパフォーマンスも抜群の家電や日用品が到来していた。〈日本〉と聞くと、小さな男の子までもがうっとりした目で、〈カワサキ〉や〈ホンダ〉と口にした。

ブランドの名前はよく知っているのに、さて両国にどういう人がいるのかと訊《き》かれると、互いに誰の顔も思い浮かべることができない。〈食っては眠り、目覚めては口説く〉のが日本にとってのイタリア人観であり、〈寝食を惜しんで働き、ゲイシャに慰められる〉のがイタリアから見た日本人だった。

「僕の幼馴染《おさななじ》みがインテリアデザイン専門誌の編集をしているから、会って話を聞くといい」

物々交流だけでは二国の真髄は伝わらない、と話す私に隣人が勧めた。

「イタリアの魅力は独創性にあり、ミラノはそれを具体的な形に創り上げる町だからね」

紹介されたのは、キオスクのガラス張りのコーナーに入れて売られている有名な専門誌である。ガラス越しに見る垢《あか》抜けた表紙は額入りの現代絵画のようで、売店に華を添え格を与えている。

有名な媒体なのだ。編集部も町の中央にあるのだろうと思って電話帳の付録の地区別の地図で調べてみると、うちのすぐ近所である。幾筋か裏通りを抜けた先で、〈ミラノ長屋〉と呼ばれる集合住宅が建ち並ぶ一帯だった。

その雑誌もインテリアデザインについても、私には詳しい知識がない。緊張して電話をかけた。編集部員が電話に応えると、イタリアのデザイン界を盆に載せて差し出されたようで、すっかり圧倒されてしまいうまく声も出ない始末だった。

四階まで階段で上がる。古い集合住宅なので、エレベーターはない。大人が二、三人横並びして上れるようなゆったりした階段で、各階ごとに広々とした踊り場がある。踊り場には乳母車や三輪車、遊具などが置いてあり、壁際に大小さまざまな植木鉢が並んでいる。ひと家族分だけの荷物ではないようだった。その上の階の踊り場には、ケースに入ったミネラルウォーターの空瓶や木製の棚があり、かごに入ったジャガイモが置いてある。欄干に数足の雨靴が逆さ干しになっている。

踊り場から各階の住人の暮らしぶりが窺《うかが》え、開け放しの家の中を通り抜けていくような気さくさだ。こんな庶民的なところに、イタリアの最先鋭の創意を編む出版社があるのだろうか。

中へ通され、さらに驚いた。

「頭に気を付けてくださいね」

玄関を開けた若い女性はそう注意すると、背を屈《かが》めて奥へ入った。編集部は屋根裏にあった。

入り口の頭上には、太い木の梁《はり》が斜め上へと伸びている。三角屋根で、仕切りの壁はない。空間を最大限に利用するために余計な壁は除かれて、天井にはむき出しの梁が見える。棟持柱《むなもちばしら》の他に何本もの鉄骨の支柱が、床から天井へ突き抜けるように並んでいる。木立《こだち》のようだ。

天井が高くなっている中央に大きな机が置いてあり、どうぞ、と椅子を勧められた。編集者たちは、屋根が下がったほうについている窓に向かって机を並べている。低い軒先から編集者たちのアイデアが天井を伝って上っていき、三角屋根のてっぺんでひとつにまとまっているように見えた。

「私は、出版人ではないのですよ」

編集長は気さくに言うと、奥の壁の本棚から何冊か大判の本を取り出してみせた。マットな紙質のものもあれば、ハトロン紙を重ねた凝《こ》った作りのものもあった。展覧会のカタログらしい。表紙にある編集長の名前は、編集人としてではなく展覧会の冠タイトルそのものだったり、アートディレクターとして記載されたりしている。

「建築学部を出た後、勤め先がありませんでした。あったとしても、年配の建築家の事務所での見習いくらい。もちろん無報酬の奉公です。無収入の息子を長らく養えるほどの財力も忍耐も、私の親にはありませんでした」

家を建てるのが夢で学んだ建築学だったが、背に腹は代えられない。新聞、雑誌、広告やパンフレットに、挿絵や口絵を描いた。

「持ち帰りピッツァ用の箱の絵も、看板も」

出版社や広告代理店を根気よく回るうちに、その独特な色彩センスが評判を呼び、挿絵からページ構成へ、ページからブックデザインへと仕事が広がっていった。家を造ることはなかったけれど、彼は紙媒体を手掛けながら各時代の〈創るイタリア〉を編集者のように紹介してきた。

町が生きている様子をそのまま日本に持っていきたい、という私の話を愉快そうに聞きながら、

「今日の記念に」

と、一冊を差し出した。印刷所から上がってきたばかりの最新号だった。

〈暮らす〉という意味のタイトルの月刊誌は、インテリアデザインに留まらず、分野や時代を超えたイタリアの美学が結集した一冊だった。イタリア語のタイトルは、『ABITARE』。表紙の中ほどに赤い字で大きくAの文字がある。ABITAREのAは、ABCのA。暮らすということ、生きることの基本、と示すような、凜《りん》とした印象の

雑誌だった。

ページを繰ると、家具や建物はもちろんのこと、美術品、生活雑貨にテキスタイル、洋服、皿、料理、庭、タイル、照明、街路樹、自動車、本など、イタリアの暮らしが細かな欠片《かけら》となって煌《きら》めいていた。

〈衣食住の全景を眺める。そういうイタリアンデザイン展を企画したいのです〉

数日後、私はあるデザイナーに手紙を書いていた。

貰った専門誌の巻末には取材協力先の一覧があり、黄色い電話帳で調べの付くところには、順々に電話をかけていった。記事を見て独創的な物づくりに感銘したこと、ぜひ関わったデザイナーの名前を教えてもらいたいこと、などを告げた。電話の相手から理由を訊かれて、イタリアを丸ごと日本に連れていきたいのだ、と説明すると、ほう、と答え、そして一様に当惑した。

聞き出したデザイナーの名前は結構な数になったものの、門外漢の私にとっては単に大勢の名前の一覧に過ぎない。

屋根裏の編集部を再び訪れると、

「やはり彼が適任だろうな」

集めたさまざまな分野のデザイナーの背景を訊く私に、編集長は呟《つぶや》いた。

「イタリアでは、鉛筆や照明、食器から家具に至るまで、形のあるものはすべて建築学部出身者がデザインしてきました。創る人というのは、分野を選ばないものです」

編集長が名指した工業デザイナーが手掛けるものは、斬新さを超えて時にグロテスクなほどである。通念という枠からはみ出し、万人向けでもなければ実用性にも欠けるものが多いが、一度目にすると忘れられない。彼は、売れっ子集団に属さない異端児なのだった。

ラブレターをガラス瓶に入れ海に投げるようなつもりで、私はデザイン界の一匹狼に手紙を書いた。


〈午後三時に会いましょう〉

ファックスで手紙を送ってから一週間も経たないうちにそのデザイナーから返事を受け、私は驚いた。本人じきじきの手紙には、待ち合わせ場所まで提案してあった。

業界の知識がない私には、それがどれほど重大なことなのかがよくわかっていなかった。ミラノの隣人や編集長に、本人から返事があり会うことになったことを告げると、嘘だろう、と一笑に付して取り合ってくれない。イタリアのデザイン業界に詳しい日本のデザイナーに話すと、絶句された。それほどの一大事だったのである。

面談に指定されたのは、わずか数日後である。建築やデザインについて慌てて勉強してみたところで、付け焼刃というもの。いっそ無知を隠さず会いに行ったほうがよいのでは、と開き直った。

薄暗いホテルのロビーに現れたのは、初老の男性だった。頭部半ばにわずかに残った白髪を集め、三角に立ててジェルで固めている。洗濯し間違えて縮んだようにズボンの裾丈が甚《はなは》だ短く、靴下が見えている。

「イタリアを生で見せる、という話、ぜひ協力しましょう」

挨拶もそこそこに、デザイナーは話し始めた。

穏やかな口調ではあるけれど、こちらを簡単には寄せ付けない厳しさがあった。ワシ鼻の奥の目は笑わない。

手紙を書いてみたものの返事はまったく予期していなかった私は、本人が目の前に現れて快諾しているというのに、そんなことを言われても、といまさらながら内心困り切ってしまった。

「諦めないのが肝心。必ず実現させよう、と思って！」

それだけ言うと彼は立ち上がり、足首の上でズボンの裾を揺らしながら、颯爽《さっそう》と立ち去ってしまった。

数日後、一枚のスケッチがファックスで送られてきた。そのデザイナーからだった。余白に、『イタリアの家』とあった。

スケッチには、手書きの説明が書き添えてある。

ここが、〈玄関〉。天井に美しい照明。大きな鏡面。窓。

〈居間〉。三人がけのソファに読書用の一人がけソファ。大きなテーブル。壁いっぱいの本棚。重厚な額に入った絵画。サイドボードの上の花瓶。どっしりとした置き時計。

〈物置〉から〈台所〉。〈中庭〉へ抜ける〈勝手口〉。さまざまな形のパスタ。家電。銅《あか》の鍋。フライパン。木のしゃもじ。

〈食堂〉。そろいの食器一式。銀製のカトラリー。グラス。

〈子供部屋〉。ピノッキオ。積み木。小さな布製の靴。手編みの上掛け。

〈アイロン部屋〉。洗濯機。刺繡入りのタオル。石鹼。

〈ウォークイン・クローゼット〉。丸箱入りの帽子に靴。コート。ポケットチーフ。ステッキ。サングラス。スカーフ。

〈洗面所〉に〈浴室〉。香水。化粧品。くし。ひげ剃り一式。

そして、〈寝室〉。夫婦の寝室。巨大なベッド。上質のシーツ。絹のガウン。ベッドの下の絨毯。鏡。

〈書斎〉。タイプライター。パイプ。万年筆。封筒と便箋。スタンド。レコード。ラテン語の辞書。

〈庭〉に出ると、半地下の〈車庫〉。自慢のスポーツカーに日用車。自転車とオートバイの奥には、スキー板とスノーブーツ。サッカーボール。ワインの買い置きと手作りのトマトソースの瓶詰め。


それは、一軒の家の見取り図だった。各図面ごとに、異なる部屋の見出しが付けてある。

大家族のための、いくつも部屋のある広々とした家。

開放的な家。

伝統を敬い、冒険を楽しむ家族。

ともに暮らしながら、それぞれに自由である。

喧嘩して、思いやって。

大きなイタリアの家。


その一年後、東京の広大な空き地で、『CREATIVITALIA〈イタリアの創造力〉』と題した展覧会が開催された。ファックスで送られてきた一枚きりのそのスケッチを見たある日本の企業家が、

「〈イタリアの家〉を建てて、日本のお客さんを招待しましょう！」

と、実現のための資金援助を即決し実現したのだった。

〈家〉に見立てた数千平米もある展覧会場に、生きたイタリアのさまざまが物となり、匂いになり、音となってやってきた。

〈玄関〉を入ったとたん、あの分厚い電話帳の黄色いページがイタリアの風に吹かれて、パラパラとめくれるのを見たように思った。

3　レシピ集

夏が来ると、思い出す写真がある。

Ａ４ほどの大きさに引き伸ばした、三枚の写真。小学校に上がるかどうかという年頃の男の子が、大笑いしている。同じ日に、少しずつ時間をずらして撮ったのだろう。夏空を背景にして、日灼《ひや》けした顔に少し長めの髪が濡れて、背後には水しぶきが勢いよく飛んでいる。頬や顎は丸くて幼く、さて次はどう悪さをしてやろうか、と黒目がちの目をキラキラさせてレンズに向けている。レンズは、男の子だけを見つめている。男の子は、それがうれしくてたまらない。手を伸ばせばすぐ、柔らかな頬に触れることができそうだ……。

居間の薄暗い照明で見たせいか、写真の中からこちらを見つめている、その子の輝く目ばかりが印象に残った。

その夜は仕事仲間が知り合いを伴って、料理上手で評判だったメンバーの家に集まって食事をすることになっていた。初対面の人もいて最初は気詰まりだったが、幼子《おさなご》の三枚の写真のおかげで気持ちが和《なご》み、食卓は形式ばったものから身近で温かなものへと変わったのだった。

ミラノの出版社から、面白いので訳してみないか、と一冊の本を薦《すす》められた。その頃、私はミラノに事務所を開いたばかりで、日本とイタリアを数か月ごとに往来しては、イタリア現地の新聞社や出版社、カメラマンや記者を順々に訪問していた。イタリア発のニュースを日本のマスコミ各社へ紹介する通信社を始めていたため、現地のマスコミ業界の様子を間近に知っておきたかったからである。

その中で知り合った出版社の女性社長が、待ち構えていたように一冊の本の話を始めた。

「この本が出版されるきっかけとなったのは、ミラノの地方ラジオ局のある番組でしてね。『リスナーたちの熱狂的な支持を受けている』と知人たちから薦められて、私も聴いてみたのです」

番組を聴いて、社長は驚いた。絶賛する知人たちの顔ぶれから、てっきり時事放談のような内容かと思っていたが、それは料理番組らしかった。しかもパーソナリティは、料理の専門家でもない。ステファニア・ジャンノッティというその女性の本業は建築家で、北イタリア人には耳障りなほどの強いローマ訛《なま》りだがミラノに住んでもう長いらしい。標準語で話そうとはせず、むしろ自分のローマ的なところをあえて強調するように悠々と話している。料理番組だというのに、なかなか食べ物の話は始まらない。建築の話でもない。これといった主題もなしに、身近で見たことと感じたことを独り語りしている。本音を隠しそつなく気取ったミラノ人とは、正反対だ。少し馴れ馴れしい調子で、気易《きやす》さについ油断するとぐいぐいとこちらの懐《ふところ》まで入ってくる。そのうちラジオから出てきた彼女が隣に座り、四方山話《よもやまばなし》をしているように錯覚する。ずけずけと世情に文句を言い哄笑したかと思うと、突然、声を詰まらせてしばらく沈黙が続いたりするのだった。

〈ジェットコースターみたい〉

出版社の社長は、用も忘れてラジオに聴き入った。

緩急織り交ぜた語り口調で、建築家ステファニアは食べ物の話をした。今まで世間話をしていたはずが、いつの間にか骨付きの塊から生ハムをこそぎ取っている。ぞくりとするような切れ味のナイフで、一枚もう一枚と、生ハムを薄く切り落としていく。

〈……その生ハムを極細に切り、新鮮な生クリームをひと煮立ちさせたところへ一気に混ぜ合わせる。迷わず、ざっと。真っ赤な生ハムから、滋養と塩味が生クリームに溶け込んでいく。薄く黄色がかった生クリームに、脂の輪が同心円状に幾重にもじわじわと広がって……〉

ごくり。社長は、早く続きを聴きたい。

ところがステファニアは、そこでぷつりと料理の話を止めてしまう。

〈四十歳を過ぎたある日、ぞっこんの夫に愛人がいると知って……〉

彼女は、それまで生クリームをかき混ぜていたときと調子を変えずに飄々《ひょうひょう》と続ける。切ない話に違いないだろうに、彼女はローマ訛りをさらに強めて続ける。言葉を放り出すようなぞんざいさで、垢抜けない。雨交じりの風音を聞くようだ。

〈生クリームの余熱で生ハムに火が通ったら、すぐさまパスタに和《あ》える。この手際が肝心よ。盛りつけた皿の上から、黒胡椒をたっぷり挽《ひ》いて。力を出し切った生ハム、ご苦労さん。あなたは、味が抜けても十分に美味しいわよ。あのときの私みたい。な

んだったのよ、この二十年は、ってね〉
社長は、思わずラジオの前でステファニアに頷《うなず》いている。
そうか、そうか。あなたもいろいろと辛かったのね。同じじゃないの、私と。
ふと我に返ると、
〈それじゃ、また来週！〉
ステファニアは、ばさりという調子で番組を終えた。
もう若くはない女性がさっさと番組進行表を閉じ、じゃ、と片手を上げて録音スタジオから出ていく様子が目に浮かぶようだった。さっぱりした締めくくりに惚れ惚れし、社長は余韻に浸ってしばらくぼんやりしていた。

「うちでぜひ〈レシピ集〉を出してもらおう、と思いましてね」

それがこれなのです、と本を指した。

簡素な作りだった。並製本で、表紙カバーも掛かっていない。写真も挿絵もない。灰色がかったブルーの地に、タイトルだけが記されている。書名は、『ZUCCHERO A VELO（粉砂糖）』とあった。

真っ白で、柔らかく甘い粉砂糖。ケーキの上から最後にひと振りして、濃厚な甘味を儚《はかな》い甘さで包み込む。

表紙の灰色がかったブルーには、通称がある。〈砂糖の包み紙〉という呼び名だ。昔、計り売りの砂糖を入れた袋は、くすんだ青い色だった。青い地から書名が浮き上がっている表紙は、本の中から優しい甘さが外までこぼれ出ているように見えた。粋な著者の姿が連想できた。

「本は人、と言いますものね」

社長はそう言い、青い本を手渡した。

数日、私はどこへ行くのにもステファニアの本を携えていった。ほどほどの厚さで、表紙は柔らかい。座って、寝転んで、立ちながら。どこでも取り出しては読んだ。しかしページを繰るうちに、手に取りやすいからというだけでその本をいつでも開くわけではないのだ、と気が付いた。

〈読んでいる間、彼女といっしょにいられる〉

本の中は居心地がよく、時間が空くと大急ぎでページの中に駆け戻った。

本は人、か。

『粉砂糖』は、ステファニアの回想記だった。彼女のこれまでの人生のあれこれとその場面を飾った食べ物のことを、糸を紡《つむ》ぐように書いてあった。

新鮮な野菜の切り口からほとばしる汁や練り上げたパスタの生地の柔らかさ、白い湯気、歯応えのある噛《か》み心地、勢いよくはねる油、焦げの苦み、ツンと鼻に来る酸っぱさが、ステファニアのそのときどきの感情を代弁している。ページとページの間に、彼女が過ごしてきた味わい深い時間がたっぷりと詰まっているのだった。

本を贈ってくれた出版社の社長は、業界の境を越えて文化人としてよく名の知れた人だった。大学を卒業後、二十代前半で早々に結婚し、しばらくは夫の事業を手伝うものの、子育てが一段落すると文学の世界へと戻ってきた。彼女は、大学で現代文学を学んだのだ。

イタリアの一九六〇年代後半は、戦後の壊滅状態から経済が上向きに動き始めた頃だった。伝統を踏襲しながら未来を築く、というイタリアで、戦争は積み上げてきたそれまでを粉々に打ち砕いた。心身ともに拠《よ》り所を失って、人々は先へ進むための指針を探していた。

〈広場を一掃する〉という言い方がイタリア語にはある。良いもの悪いものが混在し、やがて溢れて騒然となり、あるとき瞬時に消えてしまう。戦禍に遭ったり、自然災害だったり。すべてを失ったあと、広場に残るのは本物だけだ。

彼女はそういうイタリアで、これからの皆の心の柱となるような書物を創ろう、と決意した。若い頃、自分が文学や哲学に来し方行く末を示してもらったように、きっと多くの人の助けになるに違いない、と確信したからである。

まず、女友達数名と雑誌を始めた。初めのうちは、規模も小さく同人雑誌のようだった。斬新な作風の風刺漫画や短編小説、時事についての論評、思想や哲学を編んだ。それはまるでミラノの論客が居心地のよいサロンに集まり、思い思いの寄せ書きをしたようだった。戦中、地下を流れて見えることのなかった文化の潮流が、地上にほとばしり出て、乾いた地へ潤沢《じゅんたく》な水を運んでいくようだった。書く人たちは読む人たちを呼び、読む人たちは本を集め、本は本を引き寄せる。

新しく生まれた媒体は、号を重ねるごとにミラノの本好きたちの拠点となっていった。まもなく直営書店を開き、ならば書籍出版も、ということになったのである。女友達が集まってできたのだから、〈女ということ〉を出版事業の屋台骨《やたいぼね》にしよう、と決めて、最初に刊行したのは、ヴァージニア・ウルフとガートルード・スタインだった。

小説にはじまり思想に哲学、評論や紀行、伝記といったノンフィクションにいたるまで、すべて女性作家による著作を探し、選び、刊行して、作家と読者と市場を見守ってきた。彼女の出版活動はそのまま、ミラノの女性の目を通した女性史となっている。

その社長が作りたいと思った本なのだ。面白くないはずはなかった。

実は社長から本を紹介される前に、私はもうステファニアとは会っていた。知り合ったのは偶然で、出版業界絡みではなかった。

職業別電話帳を繰ったおかげで縁ができ、日本でデザイン展を開催した。展覧会を介して、ミラノのデザイン業界の人たちと顔を合わせる機会が多かった。家具や照明器具の新作発表、内装改築披露へ招待されて行くと、どの会場でも似たような顔ぶれと会った。ミラノは小さく、業界は狭かった。

デザイナーや建築家たちは、自分がいかに独創的かを強調しようとするあまり不要に奇抜で、一様にどこかずれた様子だった。

ステファニアは、そういう中でひときわ目を引いていた。いつも着るものは、黒一色のごく簡素なデザイン。装いが素っ気ない分、顔ばかりが目立った。長い髪を燃えるようなオレンジ色に染め、頭のてっぺん近くでゆるやかなシニヨンにまとめている。若い頃よく日に灼いたのだろう、目尻や額には無数のそばかすと皺がある。濃茶色のマスカラの奥には、水色の瞳が光っている。まぶたが垂れて、水色も濃茶も境界線がわからない。吸いかけの煙草を指に挟み半笑いで、ときどき辛辣なひと言二言を口にする。あっけらかんとして聞こえるのは、垢抜けないローマ訛りのおかげだろう。

五十過ぎの彼女は、キャリアの長い建築家だ。ミラノは、建築とデザインの激戦地である。そこで頭角を現し実績を積み上げていくのは、簡単なことではなかったはずだ。

小難しい顔をした人が多いミラノで、ステファニアは肩の力が抜けていて格好が良かった。私は業界関係の集まりに行くと、オレンジ色の頭を探すようになっていた。

「今度うちで春野菜のスープを作るから、食べに来ない？」

何度目かに会ったとき、彼女から誘われた。季節の変わり目ごとに、旬の食材で料理を作って振る舞うのだという。その美味しさは格別で、知る人たちの間では大切な年中行事になっている、と耳にしていた。その食卓に呼ばれるのは、栄誉なことらしかった。

毎年メニューは変わらない。春は野菜スープ。たくさんの具入りスープを熱々で食べるのに、立ち食いは無理である。招待されるのは、食卓につける人数に限られている。大テーブルで、二十人余りは座れるらしい。

さて、春の会食。スープを食べ終える頃合いを見計らったように、テーブル席には招待されなかった人たちも三々五々訪ねてきた。ステファニアは摘んで食べられるような料理を大皿にいくつも用意して、テラスから居間、客間を開放して、あとからやってくる客たちを歓待した。

スープ組はすっかり満足して、居間へ移り雑談を楽しんでいる。皿を下げたあとの食卓には背の高いどっしりとした銀製の燭台《しょくだい》が置かれ、ろうそくの火がいくつも揺れている。ほんのりと良い香りが流れ出す。居間の天井には照明がなく、ソファの向こうや本棚、サイドボードの上に陶製のテーブルランプが配置され、柔らかな灯《あか》りを放っている。薄明かりで室内の情景は、霞《かすみ》が棚引くように優しい。

そこには、創るミラノが凝縮されていた。新聞やテレビでよく目にする作家や評論家もいる。

粋な様子の男性ブックデザイナーが眼鏡のフレームを新しくして、それを女性編集者が絶賛している。担当者だろうか。

美術専門誌の記者と画家は、観てきたばかりの展覧会について話し込んでいる。

同伴するのは、妻なのか恋人なのか。ソファに並んで熱心に話し込んでいた熟年の洒落《しやれ》た感じの男女が、いつの間にか大きなクッションの間に身体を深く沈めている。

室内に低く流れるのは、十数年前の夏に流行《はや》ったイタリアンポップスだ。もう若くない男二人が抱き合い、ゆるゆると身体を揺らしている。好奇の目を向ける人はいない。

離れた小椅子に座ったまま、太った中年女性が靴先でリズムを取っている。誰かに誘われるのを待っているのだろうか。

ステファニアは曲に合わせてオレンジ色の頭を軽く振りながら、客人たちの間を縫って歩き、果物を盛ったかごを数か所に置いて回っている。通ったあとに、果物の甘い香りが漂う。

居間は、テラスに繋《つな》がっている。テラスからは、夜更けの道が黒く延びているのがよく見える。家は市内からかなり離れたところにあり、ごく稀に車が通りかかるだけだ。明かりで夜に浮かび上がったテラスにいると、そこだけ異次元のような気がする。まだ春は浅く、夜の外気は冷たい。小卓が適度な間隔で、あちらに一卓こちらにもう一卓と置いてある。コートを羽織ってグラスを片手に柵に寄りかかって外を眺めている人もいれば、ベンチで一人、パイプをくゆらせている人もいる。

声高に話す客はいない。討論で激し諍《いさか》いを起こすような人もいない。たいてい人が集まると仕事の話になるミラノの食卓の風景とは、一線を画していた。思いのままに食べ、時間を過ごし、喋り、黙想する。各人各様の時が独立し、混在している。

それは、澄んだスープの中にそれぞれの美しい色を放って浮かぶ春野菜を見るようだった。

彼女の本を読んでいると、あの日の春のスープの味や薄明かりの居間の気配、客たちの静かな談笑、甘い果物の香りが次々と思い出され、滋養に満ちた気持ちに浸った。

読むうちに、もう一度あのスープを飲んでみたい、と思うのだった。

料理の評判もラジオ番組もますます上々で、シンパが資金を集めてとうとう店を出すことになった、と後日、ステファニアから知らせを受けた。やはり多くの人にとって忘れられない味なのだ。開業を喜んだが、私が本当に再会したいのは料理ではなく彼女の一皿が生み出す独特の気配なのだ、と気が付いた。

「家を建てるばかりが、建築家の仕事ではないでしょう」

しばらくして『粉砂糖』の日本語翻訳出版を決めた私に、出版社の社長が契約書を手渡しながら言った。

建材で家を建てるように、食材で一皿を創る。質の良い建材から快適な空間が出来上がるように、旬の材料からは季節を満喫する一品が仕上がる。押し付けがましいところのない、居心地の良い料理だ。

「ステファニアの作るものがひと味違うのは、彼女が隠し味を知っているからなのです」

あの夜、彼女の家で見た三枚の幼子の写真を思い出す。

水しぶきに包まれた、夏の生が凝縮しているような瞬間を捉えたあの写真。どれも、モノクロ写真だった。

彼女のたった一人の息子は、五歳だったあの夏を最後に、今は三枚の写真の中だけで生きている。夫と別れてこれからは母子二人で、という矢先の事故だったと聞いた。

「料理はいつも私のそばにいてくれて、そのおかげで生きていられる」

訳しながら、淡々とした一文に会う。

夜に浮かぶ、灯色《ひいろ》の頭をしたステファニアがそこにいる。

4 絵本

忘れられない家がある。

目を閉じると、室内で聞いた小さな物音やかすかな匂いまでありありと思い出す。

ミラノの東端にあって、一帯には工科大学の学舎が街路樹に囲まれて建ち並ぶ閑静な地区である。道幅は広いけれど交通量はさほどではなく、大学が休暇に入ると人や車の往来もほとんどない。その一画に、レナートの家はあった。風変わりな家だった。

駅から線路沿いに並ぶ住宅街は、その建物で区画が終わっている。戦禍を免れた、外から見ると何の変哲もない直方体の建物だが、中に入るとポーチは堂々と広い。四、五段ほど階段を上って、エレベーターの乗り口に着く。花と蔓《つる》の絡み合う模様が施されたアールヌーボー風の鉄のドアを開けて乗り込むと、甘いワックスの匂いがうっすらと漂う。床も天井も寄せ木で装飾してあり、骨董家具の中に入ったようだ。

彼の家の玄関の上には、色ガラスのはめ込まれたトルコ製のランプシェードがぶら下がり、踊り場の天井に美しい色付きの影を投げかけている。

その下で、うやうやしくレナートが出迎える。いつもその格好は型破りだ。あちこちがすり切れたジーンズに純白の麻のシャツの前を開けたまま現れることもあれば、タイ・シルクの巻きパンツに黒いTシャツ姿のこともある。下手をすれば独りよがりの身繕《みづくろ》いになるところを、無頼と気障《きざ》の境界線上で着こなして粋だ。垢抜けているが、格別に都会風というわけでもない。他の誰にも真似のできない雰囲気を持つ人だった。


レナートは、多才な人である。

滑らかでよく通る低い声は落ち着いていて、聞き心地がよい。彼の口から出ると、ありきたりなことでも深みのある物語を聞くようだ。話し方にも長《た》けている。絶妙な間合いに、皆、思わず身を乗り出す。切れ長の大きな目をカッと見開いたかと思うと、また静かに瞑《つむ》って話に戻る。その変化に富んだ表情に、皆は魅了されてしまう。

絵も玄人《くろうと》はだしだ。喋りながらサインペンで走り書きをしたものが、いつの間にか味わい深いスケッチになっている。

突然の来客にも慌てず、台所にあるものを見繕って手早く料理を出す。洒落た食器などなくても気にしない。縁の欠けたテラコッタの皿に入れると、より美味しそうに見えるのだ。ギリシャで暮らしていたときの割れ残り、と笑う。旅が多い。各地の逸話に事欠かない。白髪で銀色になった頭を五分刈りにして、年じゅう日によく灼けている。山に海。精悍だ。五十過ぎにはとうてい見えない。声と佇《たたず》まいの華を買われて、舞台も踏む。

そういうわけで、周囲は女も男も彼を放っておかない。長らく独身なのは、たとえレナートに夢中になっても、そのうち彼を取り巻く世界と自分の嫉妬に耐えられなくなり皆、離れていくからだろう。

「幼い頃から、何でもそれなりにこなしましてね。でも、少しずつ全部、というのは、結局は特技にならないものなのですよ」

溜め息交じりに話してくれたのは、彼の老いた母親だった。

うちの近所に老母は住んでいて、買い物などで顔を合わせるうちに私たちは親しくなった。ある日いつものように彼女の家でコーヒーを飲みながら雑談をしていて、家族の話になった。

「息子の上に娘もいましてね。娘のほうは、小学校の頃から抜群の成績でした。頭は良いけれど、ご面相のほうはどうもさっぱり。一方息子はね、生まれたときから産院じゅうが見に来たほど、面立《おもだ》ちのきれいな子でしたの」

老母は、レナートのことを「中途半端な多芸」と嘆いてみせたが、実のところは誇らしくてならない様子だった。早くに夫と離別し、女手ひとつで子供たちを育て上げたのだ。

私たちはたいてい、老母の家の台所でお喋りをした。

ガラス戸の付いた食器棚には、いくつか額入りの写真が並べてある。地味な顔立ちをした娘の若い頃の写真は、すっかり黄ばんでいる。娘の写真はその一枚だけなのに、息子の写真はというと、後ろの茶碗が見えないくらいに大きく引き伸ばされた赤ん坊の頃のものや、台紙を付けて革の額に入ったスーツ姿のもの、ブロマイド風に半身に構えて写ったものなど、年代別に何枚もの写真が置いてあるのだった。

「公園を乳母車で散歩しているときにスカウトされて、レナートは一歳になる前から子役で映画にも出たのです。チネチッタがちょうど出来た頃で、映画の黎明期でした。

でも小学校に上がると、芝居よりも水泳に夢中になってしまって。水泳では、県代表にまでなりましたのよ。それにも飽きて、ふっつりと止めてしまった。高校の頃から弾き語りを始め、声も見目《みめ》も好かったのでレコードデビューの誘いを受けましたが、本人は面倒がり、プロへの転向は立ち消えになりました」

生まれてから五十過ぎになる今まで、息子がどれだけいろいろなことをし始めては成し終えず、昇りもしなければ堕ちもせずにやってきたかを彼女は話した。息子の職歴だけではなく女性遍歴も把握していて、それを順々に聞くだけでも数時間はかかりそうな華麗さだった。

老母を訪ねてきたときに知り合ったレナートは、話で聞くと軽佻な男の見本のような印象だったが、実際に当人に会って話をしてみると、一芸に秀《ひい》でることのないまま年を取ったことを自嘲し諦観している、寂しい中年だった。

イタリアのニュースを紹介する仕事をしている、と私が言うと、

「それなら今度、友人たちを呼んで食事でも」

気易く応じて、今晩は映画関係、次は歌手仲間、建築家や脚本家、と毎度、業界と顔ぶれの異なる食卓へと声をかけてくれるようになったのである。

レナートの家が風変わりなのは、どこまでが室内でどこからが屋外なのか、どれが家具でどれが床や壁なのか、境目や区切りがない点にあった。居間と台所、書斎とバスルーム、寝室とベランダ。どの空間もひとつながりのようであり、でもうまく使い分けられている。

訪ねていくと、たいていレナートはラジオの鳴る台所で酒の肴《さかな》を作りながらワインを飲んでいるかベランダで本を読んでいるかで、そうでないときはバスルームで植木の手入れをしていた。

いくつかの部屋があるのに、各部屋には明確な使い分けはない。混ざっているのに、分離している。不便なようで便利であり、物が少ないのに混沌としている。

そういう家の様子は、レナートの人となりそのものだった。

慣れないうちはどこに身を置いていいのかわからず、落ち着かなかったが、そのうち、どこにいても使い易いように工夫できるのだ、とわかって、彼の家ほど自由で居心地の良いところはないと感じるようになった。性別も年齢も、仕事も興味も文化も出自も異なる人たちが、彼の家に吸い寄せられるように集まってくる理由がよくわかった。

人が訪ねてくると、レナートは温室の隅に積み置いてある古雑誌を数冊手にして室内へ入り、壁の真ん中に立て掛けてある鉄板を動かす。暖炉が現れる。雑誌を両手で真っ二つに裂き、数ページずつを丸めては暖炉に放り込み、ベランダの植木から千切り集めた枯れ枝を無造作に投げ込むと、長いマッチ棒で火を点けるのだった。

夕日が差し込むベランダは家の幅分あり、玄関や居間、寝室のどこからも出られるようになっている。半分はガラスで覆われた温室になっていて、小さな花を付けた蔓草がガラス戸の割れ目から外へ伝い出て繁り、温室を緑色に染めている。

一日の残光の下、暖炉で暖まった温室で本を読むのがレナートの日課だ。

この家に慣れていない訪問者たちは、古雑誌が燃えていくのを驚いて見ている。薪の代わりに、青果店で譲り受けたのだろう。木箱がいくつも置いてある。木製の壊れた本棚やテーブルの脚が部屋の中ほどまで山と積まれていて、居間なのかゴミ置き場なのかわからない。

レナートは、古材の山から小ぶりの木片を選んで暖炉にくべると、温室から花の付いた枝を数本折って、台所へと入る。

春はもう終わりに近い。暖炉に火を起こすほどの寒さでもないのに、とレナートの大げさを呆れていると、日が落ちるにつれて冷んやりしてくる。

薄暮の中、暖炉の照り返しで居間は橙色《だいだいいろ》に浮かび上がり、古材の燃える匂いがあたりに広がっていくと、それまで落ち着かない様子だった訪問者たちもすっかりくつろいでいる。

そこへレナートが、刻みタマネギとゴルゴンゾーラチーズを練り混ぜたものを小鉢いっぱいに入れて持ってくる。彼は、大衆食堂で開けるような大瓶の赤ワインをテーブルにどんと置き、強烈な匂いのチーズペーストと分厚く切ったフランスパンで夕食を始める。銘柄や外見ばかりに気を取られるミラノ人たちは、度肝を抜かれてしまうが、枠や型などおかまいなしのレナート式スタイルにしばらくすると打ち解ける。挨拶だけ、と立ち寄ったはずの人たちが予定外の食卓を囲む。

古材に囲まれて暖炉を前にしていると、冬の山小屋にいる気分だ。果たして食卓では初夏を目前にしているというのに冬に戻った話題となり、ミラノにいながらアルプス山頂での思い出話に花が咲く。

大瓶のワインのラベルを見ると、サルデーニャ島産、とある。

「この夏、島へ蜂蜜を探しに行くのだけれどね」

レナートがついと話を変えると、食卓はそのまま空飛ぶ絨毯となって時空を超え、各人各様の記憶を巡る旅が始まる。旧知の仲間が集まっても、初めての訪問客とでも、情景はいつも同じだった。それは、『デカメロン』そのものだった。

いったい何人とこの家で知り合い、話を聞いただろう。一人が話すと、横にいた人がそれまでの話の尾を摑むように、自分の話を始める。ありきたりの車やバカンスの自慢話や政治談義から離れて、気取った人たちが目を輝かせて我先に話したがった。

交錯するのは、話だけではなかった。幼い頃から映画界に出入りした彼の家には、俳優たちも大勢訪れた。監督や評論家、音声に照明、脚本家も来れば作曲家もやってきた。成功した者もいれば、不遇の人もいる。食卓は、ちょっとした芸能年鑑のようになる。それぞれの連れ合いが錯綜するようなことも起こるらしく、テーブルの下で指やつま先が絡み、密やかな気配の流れる夜もあった。

さまざまな人間模様が反物《たんもの》のように織られていくような話を堪能した。どの人の話も煌めいて聞こえたが、残念ながらひとつとしてニュースとして報道できるものはなかった。公《おおやけ》になる事件の外で、本当に知らなければならない物語が世の中にどれほどたくさんあるのか、私はレナートの家で知った。

ある晩レナートの家で久しぶりに会う顔ぶれがそろい、楽しく、すっかり遅くなった。私が彼の家を出たのは、すでに午前一時を回った頃だった。

タクシーに乗ってすぐ、レナートの家に書類鞄を忘れてきたのに気が付いた。仕事先から荷物を持ったまま直行し、その鞄を置いてきてしまったのだ。翌日の打ち合わせに必要で、運転手に頼んで引き返してもらった。

タクシーを待たせて呼び鈴を鳴らすが、レナートは出ない。もう寝てしまったのだろうか。何度か繰り返すものの埒《らち》が明かず、当時は携帯電話もない。彼の家は七階にあり、階下から大声で呼ぶわけにもいかない。未明の町は寝静まっている。

途方に暮れていると、

「あそこで電話を借りたらどうです?」

様子を窺いに車から降りてきたタクシーの運転手が、公園の奥のほうを指差した。黒い木々の影の間に、ショッキングピンクのネオンサインのようなものが点いている。暗がりで全容ははっきりしないが、低層らしい建物が見えた。

躊躇する私に、

「まあ、ちょっとした店です」

タクシーの運転手は言葉を濁し、ここで待っているから、と私に一人で行くよう促した。

小径は公園を突っ切って、ネオンの前で行き止まりになっていた。平屋は、夜目にも古びている。玄関の扉の他に小さな窓がひとつあるだけで、鎧戸《よろいど》が閉まっている。そもそもこんな時間まで開いているのだろうか。

『ヴィーナスとバッカス』

玄関の上に、遠くから見えたネオンサインが煌々と点いている。

思い切って、呼び鈴を押してみる。少し間を置いて、

「どちらさまで?」

インターホン越しにくぐもった男の声がした。電話を借りたい旨を告げると、玄関が開き中年の男が出てきて後ろ手にドアを閉め、

「会員証をお持ちでしょうか」

じろじろとこちらを眺めながら尋ねた。

よく見ると、ネオンサインの下には、〈大人のための秘密クラブ。会員制〉とある。品格の高い学園地区の闇に浮かぶ、ショッキングピンクのネオン。

学問とエロス。

「世の中たいてい、そういうものでしょう？」

妖しげな気配に怖じ気付いて結局その店には入らず、翌朝早く出直してレナート宅を再訪した。ピンクの店のことを話すと、彼は、そんなに驚くことがあるのか、という顔をした。

「まだ見せていませんでしたっけ？」

居間の壁一面に設えられた本棚の一角に私を案内すると、隙間という隙間に押し込まれるように本や資料が並ぶ中からファイルを一冊抜き出した。ファイルの背表紙は、日に灼けている。無造作に大量の切り抜き記事が束ねてある。新聞もあれば雑誌もあり、どれも連載記事らしい。

『月夜の内緒』

『秘めごとは砂浜で』

『エロティック人生相談室』

背表紙同様、切り抜きの記事の紙も茶色に変色している。かなり昔のものなのだろう。

いったい、とレナートを見ると、

「若い頃に書いていたピンク原稿です。一時期は、ずいぶん連載を抱えていました。好評を得たきっかけは、『エロティック人生相談室』でした」

高校を出るか出ないかという頃に、富裕層が訪れる避暑地の店をギターの弾き語りをして回っていたことがあった。ありとあらゆる欲を満たし、それでもなお時間と財を持て余す人々がいる。熟《う》れ切って崩れ落ちる際の気怠《けだる》い気配の中で、若くて清廉なレナートが歌う様子が目に浮かぶ。

「夜が更けたのか朝が来たのか、わからない。飲んで歌い、踊って頬を寄せ、抱きしめる。若い人妻と踊っていたはずが、いつの間にか銀髪の老婦人の胸に顔を埋めている。そういう夏を二つ三つ、ね」

詩とダンスと酔いの間で過ごした夏からしばらく経って、そのときどきのことを書き留めたものを並べてみると、耽美な情景を集めたアルバムのようだった。優美ながら倦んだ世界に住む人々を主人公にして人生相談欄を作ったらどうか、と思い付いた。

華麗に見える人たちの、淫靡《いんび》な悩み。

浮世離れした世界のことを通俗的な方法で紹介する連載に、読者は閉ざされた箱の中を覗き見するような気分になった。大評判。相談もその回答も、すべてレナートが一人で書いた。ありそうで、ない。嘘のようで、本当のこと。

「それが、十年も連載が続いた秘訣かな」


あらためて本棚を見る。

これまで訪れるたびに暖炉の前でくつろいだり、温室の花に見とれたり、台所から流れてくる匂いに気を取られたりで、本棚をゆっくり見たことがなかった。飴色《あめいろ》をした木製の本棚には、ありとあらゆるものが置いてある。ピンクのファイルが入った上段には、イタリアの古典文学全集が並んでいる。革の背表紙がこちらを向いて入れてあり、一冊ずつ箱に入っている。背表紙はすっかり黒ずみ、金文字で書かれた書名も掠れている。その隣には、哲学大全。無数の活版雑誌は、ネズミが主人公になった漫画本だ。よほど繰り返し読んだのだろう。四隅がすり切れ、表紙のないものもある。

植物図鑑。海洋図鑑。『千夜一夜物語』。『西遊記』に『神曲』。『人体解剖図鑑』が

あるかと思うと、『旧約聖書』や『サンレモ音楽祭全曲歌詞集』も見える。

本の種類が多岐にわたるため分類のしようもなければ、そもそも分類の意味もないように見える。棚と本の間にも、書類や切り抜きを入れたファイルが差し込んである。本の前のわずかな空きに、菓子に付いてくるおまけの、小さなプラスチック製の飛行機や自動車が並んでいる。手に取って見ていると、

「この子がまだ小さかった頃、よく遊んでいました」

レナートは上段から写真立てを取り、私に見せた。

老母の食器棚で見た、レナートの幼い頃と同じ顔をした男の子が笑っている。


彼には、一度だけ結婚歴があった。

誰ももう覚えていないような、遠い話。妻は、モデル出身の北欧人だった。夏になると毎日、北欧からイタリア半島のアドリア海側へ直行便が着く。白夜の国から太陽の半島へ。遠浅の広い浜は、北欧からの奔放な若い女性たちとイタリアじゅうから集まった青年たちの、笑い声と溜め息で溢れる。

レナートと彼女も、そうして出会った。ほどなくして息子誕生。レナートと妻、赤

ん坊が町を行くと、誰もが見とれて立ち止まった。レナートは短髪に刈り上げ精悍で、妻は眩しい金髪なのに真っ黒に日灼けをしている。幼子は、レナート似のはっきりとした顔立ちに、絹糸のような金の巻き毛で笑っている。イタリアでもなければ、北欧でもない。

「家ではいろいろな国の言葉が舞い、習慣や時間に囚われず、自由な毎日でした」

ある日レナートが家に帰ってくると、息子が大泣きしているのが建物の下まで聞こえた。

〈妻がいるはずなのに、いったい何ごとか〉

エレベーターを呼ぶのももどかしく階段を駆け上り、勢いよく玄関ドアを開けた。温室で友人と妻が半裸で嬌声を上げながら激しく絡み合い、脇に置いた乳母車の中で息子が声を限りに泣いているのが目に飛び込んだ。

おまけの玩具の後ろには、絵本が何冊も並んでいる。昔の菓子缶に描かれていたような、懐かしい色合いと画風の絵だ。絵も文章もレナートによるもので本の扉には、〈僕の息子とその母親へ捧げる〉と記されている。

その童話の純真さと、半裸でまさぐり合う男女の生臭さのちぐはぐぶりが強烈で、私はしばし黙って本棚の前に立っていた。

「しばらくの間、茫然としていました。結婚して父親になり、生まれて初めてひとつのことを完成できた、と誇らしかった。〈代え難い女性〉と選んだ妻が、僕より境界線を持たない人だったなんて。皮肉なことでした」

以来レナートは糸の切れた凧《たこ》のようになって空を舞い、少しずついろいろなことを浅く広く、始めては終えない毎日を送っている。

「材料がそろったら、また〈人生相談〉を書き始めましょうかね。前は艶っぽい春編だったけれど、次はそろそろ冬編かな」

初めて早朝に見る彼の家には、朝日がのびやかに差し込んでいる。明るい日の下で見る玄関や居間、台所は、白々と侘しい。境がなく気ままに見えた家は、空っぽで寄りかかるところがなかった。

5　写真週刊誌

車窓からの景色が、強い日差しを受けて白くぼやけている。露出を間違えた写真のようだ。

八月。皆がバカンスに出かけて空っぽになったミラノをあとにして、私は電車でフランスとの国境へ向かっていた。

イタリアでは皆が長期休暇を満喫しているように思われがちだが、実際には夏期にまとめて取る休暇は一、二週間といったところで、残りの休暇は週末を延長するのに使ったり、クリスマスや復活祭に振り分けたりする人が多い。

六月の第一週で学校が終わると、祖父母や親戚のある家庭は、早々に子供たちを預けてしまう。なにしろ学校の夏休みは、六月から九月まで丸三か月という長さなのだ。

ミラノのたいていの家庭は共働きである。子供を見てくれる身内がいないと、ベビーシッターを雇ったり教会が運営する夏期学校や海山でのキャンプに送ったりして、長い夏休みを乗り切ることになる。休暇のために働く、というモットーが下手をすると、子供を預けるために働く、ともなりかねない。

六月は、身内や教会、キャンプに頼って乗り越え、七月になると前半は妻が、後半は夫が、八月に入ってようやく夫婦が休暇を合わせて取り、初めて一家そろっての夏休みとなる。夫婦仲が良く経済的にも余裕があれば、さらに八月末の数日間を夫婦水入らずで過ごし、夏が去っていく。

そういうわけで六月に入ると、町はすっかり休暇の空気に包まれる。原色の洋服やサンダルがショーウインドウを飾り、麦わらで編んだかごを肩にショートパンツで町を闊歩する少女たちもいれば、中年女性はゆったりしたサマードレスにローヒールのサンダルで買い物をしている。青果店にはみずみずしいスイカや桃が並び、バールではモヒートやビールの注文が多くなる。

そうなると仕事にしろ日常の雑事にしろ、頼むほうも受ける側も気もそぞろになってくる。水道栓の調子が悪いから、と部品を取り寄せるとなるともう埒があかない。

店も工場もこの時期に在庫が捌《さば》けてしまうとそれまでで、続きは秋以降に、と先延ばしになるからだ。大切な取引や約束事も休暇前にまとめておかなければ、秋まで覚えていてもらえない。

人間関係も同様である。春から夏にかけて二人の間にようやく芽が出るか、と期待しているうちに夏が到来。休暇を挟むと、せっかくふくらみかけていた芽もしぼんでしまい、秋には元のもくあみということも多い。

逆もある。疲れ果てて、ようやく休暇に辿り着く。夏の太陽。強烈な暑さ。自由奔放な海。深遠な山。翌日の予定に追われることのない夏の夜は長く、心地よい。体内時計がずれて、次第に今どこに自分がいるのかわからなくなってくる。燃え上がった炎が収まらずに、手ひどい火傷《やけど》を負ったりする。

何かにつけて子供を叱りつけ、顔を合わせると愚痴しか言わない妻が、浜辺で寝そべっている。結婚前は、皆に見せびらかしたいほどの見事なボディラインだったのに、今ではすっかり丸みを帯びて母牛のようだ。眉間《みけん》にいつも皺を寄せているので、日灼けをしてもそこだけが白い筋になって残っている。

〈こんなはずじゃなかった〉

休暇先で、夫はふと深い倦怠感に包まれる……。

毎夏、同じ時期にきまった浜を選ぶ家族連れは多い。馴染みの宿に通い続けるうちに、夏の習慣となるからだ。知り尽くした場所で、同じような夏を繰り返す。付き合いはないけれど、毎年行くうちに顔見知りになった人たちと、短期間、同じ場所で過ごす。似非《えせ》日常がそこにある。見慣れた光景の中には、発見もなければ発展もない。ひどく退屈なようで、実はしみじみ安堵する。未知と出会うために旅に出る人もいるけれど、大半の人は同じ場所を選び、変わらない夏と再会するために休暇を繰り返す。

平凡な暮らしに退屈し切っている所帯持ちたちが、浜でビーチチェアを並べている。その退屈がどれほど贅沢なことなのか、彼らはわかっていない。

朝起きて海沿いのキオスクで新聞を買い、妻のためにファッション雑誌を数冊買う。タオルにサン・オイル、果物を少々持って、子供の手を引き浜へ出る。妻は遅れてやってくる。毎年ビーチパラソルの場所まで変わらない。両隣の顔ぶれもたいてい同じだ。挨拶を交わし、ビーチチェアに寝そべりながら新聞を読み、隣の人のスポーツ新聞と交換して、読み終える頃に妻がやってくる。眠るか、泳ぐか。子供たちとバッグの見張り番で、夫婦は交互にビーチパラソルから離れる。こちらでは夫が残り、隣では妻が残る。妻が連れてきた女友達がいることもある。独り者だったりする。

見慣れていたはずの景色に、稲妻が走る。見張り番を交替する際に、小さな雷が落ちたりする。

夏の落雷。

私が国境の町に向かっているのは、いくつもの落雷を拾い集めに行くためだった。スクープカメラマン、パパラッチと会う約束があった。


三十年ほど前にミラノで私は、通信社を始めた。職業別電話帳を繰り順々に訪ねていった先の大半は、新聞社や出版社、通信社だった。日本のマスコミ向けにヨーロッパのニュースや写真を提供するという業務のために、イタリアの報道界との繋がりを作りたかったからだった。紹介状も持たずにいきなり電話をかけて面談を申し込む不躾《ぶしつけ》さだったが、皆、会って親切に話を聞いてくれた。当時は大手新聞社ですら、日本に特派員を置いているところは少なかった。極東の国ニッポンは、地理的にも心理的にも遠かった。しかし興味がないわけではなく、何かしらの接点を持つのはイタリア側にとっても都合がよかったのだろう。

日本とイタリア。互いによく知っているようで、ほとんど何も伝わっていないのだった。それぞれ歴史のある国で、両国の過去の栄華についてはそこそこ知識があるのに、現況についてはあまり伝えられていなかった。芸術や料理、ファッション、スポーツと、分野ごとでは各専門家たちが事情に精通していたが、一般の人たちとなると十年一日の如く、フェラーリにピッツァ、ゴンドラ、マフィアにピサの斜塔であり、富士山に芸者、寿司、新幹線、三船敏郎なのだった。

イタリアのニュースを日本に売るためには、まずイタリアについての認知度を高めなければならない。いかに人気がある俳優やスポーツ選手であっても、それが現地でしか通じないようでは日本ではニュースにならない。食べ物も然り。日本で〈パスタ〉と言っても、通じる人がほとんどいない時代だった。ナポリは知られていても、「アマルフィ？　それ、どこ？」。親しみを持っているのに、身近な情報が広く行き渡っていない状況だった。

大きな事件は大手の通信社が扱うので、私はもっぱら隙間にこぼれ落ちたような、でもいかにもイタリアらしい逸話を探しては紹介することにしていた。知り合った新聞社や出版社を経由して、毎日イタリア各地の情報通からネタが届いた。

その日も朝からいくつかの電話を受け、日本の編集部へ提案するためにネタの一覧を作っていた。そろそろ締《し》めようか、と思っているところへ電話が鳴った。

「今からいくつか名前を言うから、知っているものがあれば教えて」

いきなりそう言ったかと思うと、電話の主は名乗りもせずに声を潜《ひそ》めたまま次々と名前を読み上げた。書かれたものを読み上げているのだろう。どれも外国人名で、〈カズーコ〉や〈タカアーシ（イタリア人はHを発音しない）〉と日本名も交じっている。男はときおり中断して、息を殺している様子がわかる。

「僕はカメラマン。○×社の紹介で君に電話をするのだけれどね」

早口にミラノの通信社名を言い、やっと身元を明かす。サルデーニャ島のヨットハーバーからかけているのだ、という。

パパラッチと呼ばれる、スクープ専門のカメラマンである。彼はイタリアのみならず欧州でもトップの腕前として知られ、情報網の広さとフットワークの軽さ、撮ってくる場面の衝撃度は抜きん出ている。被写体やアングルによっては、一カットの掲載料金が数千万円、ということもある辣腕カメラマンである。事件と事件の隙間にこぼれたニュースを拾う私には、大き過ぎる相手だった。

「昨晩のうちに、ある経路で宿泊者名簿を手に入れてね。島内にある秘密の高級リゾートホテルや貸別荘に誰が誰と泊まっているのか、一覧を作ってみたんだ」

目に付いた東洋人の名前を控えて、私に電話をかけてきたらしい。いくつか読み上げていく中に、日本人スポーツ選手と同姓同名があった。そこそこには有名ではあるものの、高値が付くほどの被写体でもない。欧州への移籍が噂されていたので、イタリアにいるということは、どこかのクラブと契約がまとまったのかもしれない。名前の男がもし本人だとしてもニュース性はそこ止まりで、トップパパラッチが期待するような取引にははるかに届かない額でしか売れないだろう。

そう伝えると、

「これから本人かどうか確認してくるから！」

カメラマンは、私の返事も待たずに電話を切った。

夜になるかならないかという頃に、

「ビーチで、トップレスの金髪美女との甘いツーショットが撮れたぞ。どうする？」

カメラマンが息せき切って伝える被写体の特徴からは、本人に間違いないようだった。気難しいことで知られている彼が異国の夏を美女と楽しんでいるとなると、これはニュースになるかもしれない。とにかく写真を見てみないことには、話にならない。電子メールなど、まだ存在しない頃の話である。カメラもデジタルではない。

「明日の始発のフライトで本土に戻り、ベタ焼きを準備する。午後、会おう」

カメラマンは、フランスとの国境近くの町の名前を挙げた。ミラノからの特急も停まるところだ。その駅の待合室で会うことになった。


ミラノからの電車は、八月の都会を抜けトマトやトウモロコシ畑の中をしばらく走ったあと、黒々とした緑に覆われた山間部へさしかかった。休暇も後半となる八月半ばに、海へと向かう人は少ない。大半の乗客が、乗ってきては一つか二つ目の駅で降りていった。日除けを下ろしても強い日差しが隙間から漏れ入り、窓側は汗ばむ暑さである。うんざりしたが、待ち合わせの駅で写真を確認して配信するかどうかを決めれば、あとはミラノに引き返すだけなのだ。

平野を過ぎたあたりで、中年女性が一人で乗ってきた。使い込んだキャリーバッグはパンパンにふくらみ、旅慣れた様子である。キャリーバッグの外ポケットから、数冊の雑誌とミネラルウォーターを取り出すと、よいしょ、と通路側の席に腰かけた。

どうも、と互いに目で挨拶をし合ったあとは、私たちは話をすることもなくそれぞれの本に目を落とす。

「まったく、ひどいわね！」

熱心に雑誌を読みふけっていたその女性が、突然、呟く。『誰』という雑誌に向かって憤慨しているのである。百万部という部数も記録したことがある、古株の写真週刊誌だ。私も職業別電話帳を繰って、いの一番に版元を訪問していた。

中年女性は、浜辺でのスキャンダルに目を剝《む》いているらしい。毎年海開きと同時に、グラビアページにはビーチやレストラン、深夜の街角での醜聞が満載だ。

「許せないわ、こんな若い女と。これまで彼を支えてきた奥さんはどうなるのよ！」

でっぷりと白い腹を日にさらした政治家が、自分より頭ひとつ背の高い若い女の腰を抱いて笑う写真が今週号の表紙だ。政治家もショーガールも、本気の仲ではないだろう。夏明けには国会解散が噂されている。政敵に嵌《は》められたのかもしれない。あるいは、肢体だけが売りもののショーガールの事務所が仕組んだ宣伝、という線もあるだろう。いずれにせよ、ページを繰るうちに忘れてしまうような内容である。

中身同様ペラペラの紙質のカラーページは、全部で十数ページほどしかない。定番のテーマである〈新恋人発覚〉か〈離婚〉〈子供が生まれました〉に〈お宅拝見〉〈ワースト&ベスト・ドレッサー〉が繰り返され、被写体だけが入れ替わる。

夏前から、パパラッチたちは忙しい。著名人たち御用達の高級リゾート地やヨットの航路、隠れ家レストランやクラブに狙いを定めて、張り込みを始めるからだ。カメラと勇気さえあれば誰にでもできるようでいて、パパラッチという稼業はそうたやすくはない。特ダネの狩人たちは夏前から念入りな準備をして、その瞬間を虎視眈々《こしたんたん》と狙う。

たとえば、離島にある高級リゾート地を狙うパパラッチたちは、たいてい最新鋭のモーターボートを持っている。ボートを持つには、係留港も持たなければならない。特ダネを仕入れるためには、準備にも時間と金がかかる。海は広く、山は深い。特ダネが狙えそうな時期と場所が絞り込めても、とうてい一人で押さえ切れるものではない。そこで前年から現地のホテルやレストランを繰り返し訪問しては懇意になり、情報提供をしてくれる協力者たちを作っておくのである。

駅の待合室で落ち合うことになっているカメラマンが、ミラノではなく国境近くを指定したのは、私との待ち合わせのあと即モナコ公国へと飛ぶからだった。彼は、長らくモナコ公室を追い続けている。

パパラッチたちは、ローマやヴェネツィアで映画関係者を標的にする者、財界政界を狙う人、ミラノで芸能人やスポーツ選手担当など、各々が得意分野を持っている。とりわけ難しいのは、王族や公室ものだ。警備の厳重さは、ただごとではない。

件《くだん》のカメラマンはカロリーヌ公女の二番目の夫、故ステファノ・カシラギと同郷で、幼い頃からの親友だった。その縁で、彼が参加していたボートレースの撮影をしていたのだが、なんとレンズの前でカシラギは事故死してしまう。公妃グレース・ケリーの自動車事故死に続き、公女カロリーヌの夫の事故死。幸せの最頂点から不幸のどん底へ。

親友と公女へ敬意を表して、カメラマンは悲劇の瞬間の記録を破棄し、黙した。〈世紀のスクープを捨てるだなんて〉。業界は驚愕し、悔しがった。

モナコ公国は、彼の忠誠と品位を忘れなかった。以来、公式に発表される重要な知らせはもちろんのこと、これは、という公国関連のスクープも必ず彼がものにしてきたのである。

「亡くなってからも、親友に助けてもらっているわけだ」

駅で降りたった人たちがいなくなるのを見計らって、待合室でカメラマンと私は話をした。英国仕立てのスーツを嫌みなく着こなし、実に優雅である。木陰に潜んだり密かに人のあとをつけ回したり、と執拗なパパラッチのイメージとはかけ離れている。

「モナコに限らず、英国やオランダ、スペインなどの王室関係者は皆、絵になるし、よく売れる。いったん腕を認められると、今度はネタのほうから飛び込んできてくれるようになるんだよ」

事情通どころか、側近やときには当人がじきじきに、〈その一瞬〉の時と場所を知らせてくることもあるという。

「〈王公室専門〉として名が通ると、芸能人やスポーツ選手といった有名人たちも、自分たちの醜聞現場を撮らせて箔《はく》を付けようと競って持ち込んでくるようになるので、スクープは選《よ》り取り見取りなんだ」

王公室専門のカメラマンに撮られるのがステイタス、ということらしい。火がなくても煙さえ立てばそれで十分、という世界がある。

カメラマンは、書類袋から無造作に問題のベタ焼き写真を出した。そこに写っていたのは、たしかにあの日本人スポーツ選手だった。Tバックだけを着けた金髪女性が、豪華な肢体を彼に預けている。彼は濃いサングラスをかけているが、正面からのアングルで本人であることははっきりわかる。一方、女性のほうははち切れそうなヒップは明瞭ながら、顔は写り込んでいない。

「でも、十分に夏らしいだろう?」

カメラマンは、意味ありげにニヤリとした。名前を訊いても意味のないようなタレントかもしれないし、浜にたまたま居合わせた一般女性かもしれない。これもまた、ページを繰る間に忘れてしまうような話なのだ。しかし王公族たちを専門とするカメラマンにスクープされたということで、その日本人は一介の外国人スポーツ選手から、一挙にヨーロッパのジェット族たちのサロンへの入場券を得ることになる。写真週刊誌に掲載される。ペラペラの誌面は、百万人が繰る。人目に触れれば、名も知られる。スポーツの技能に加えて、多角的な商業的価値が加わるきっかけとなる。来シーズンの契約にも関わってくるかもしれない。

「皆、すぐに忘れるさ」

ひなびた駅の待合室で見た写真を、私はホーム脇にある公衆電話から東京の編集部に売り込んだ。「よし、買った!」。カメラマンと会ってから別れるまで、三十分とかからなかった。

今でもときどきその駅を通る。

夏も終わろうとする頃ミラノから一人で電車に乗ってベタ焼きを見に行ったとき、私はどういう気持ちでいたのだろう。隣席の中年女性が小馬鹿にしたように鼻で笑いながら、でもとても熱心に写真週刊誌のページを繰っていた音が耳元によみがえる。

ペラペラ、ペラペラ。

撮られるほうも撮るほうもきっと何かに懸命だったろうに、結局は何も残らなかった。薄っぺらな十数ページの夏の記憶が、陽炎《かげろう》のように浮かんで消えていく。

6 巡回朗読

ミラノで通信社を開業した頃は、携帯電話はおろかファックスですらあまり普及していなかった。会社や店舗ならともかく、一般家庭には電話があるだけ。しかもダイヤル式が大半だった。部屋ごとに電話線の差し込み口を設置して、電話を抱えて部屋から部屋へ移動したものだった。不便だったが、電話を連れていけないところには、連絡を待つイライラから解放された自由な時間が待っていた。

仕事柄、移動は多かった。ニュースは時と場所を選んでくれない。直前に予定が決まると、あたふたと発ち、到着しても締め切りまでのわずかな間に用件を済ませなければならなかった。ほとんどの行き先が初めて訪れる土地で、知り合いも土地勘もない。飛び込みで押さえた宿の電話番号を仕事の中継に使い、突発の事態が起きたときには、どんな片田舎にも必ず一軒はあるバールの電話を利用した。まだ公衆電話があちこちにあったが、待ち受けには使えなかったからである。

公衆電話は、イタリアでは長らく専用コインがなければかけられなかった。夜遅くなりコインと両替してくれるバールが閉まってしまうと、もうお手上げだった。電話脇にある自動両替機はたいてい壊れていた。専用コインは分厚くて嵩張《かさば》るので予備で持つにも数枚がせいぜいで、市外通話で込み入った用件を話すには不足した。

急いで出かけていった先が店も家屋もないような辺地だと、せっかく特ダネを手にしても、伝える手段がない。乗り物に乗って電話のあるところまで行き、口述で原稿を伝えるか紙に書いた原稿をファックスで送るかしなければならなかった。電話を探すうちにネタの鮮度はみるみる落ちて、特報だったはずの内容がベタ記事と並ぶことになったりした。

ワープロも、電源が必要だ。結局、不測の事態にも安心な原稿用紙を抱えて移動することが多かった。

年上の記者たちには、タイプライター派がまだ大勢いた。

「インクリボンと紙さえあれば、いつでもどこでも書けるからね」

自慢げに言い、形状から一目で中身がタイプライターとわかるショルダーバッグを斜め掛けにして、戦争の最前線にもサッカーの試合にも映画フェスティバルにも、出かけていった。

ペン一本、あるいはタイプライター一台の頃のほうが、今よりもずっと身軽で迅速だったように思う。商売道具を抱いて現場に駆けつける、という強い気構えがあった。私がイタリアで働き始めてしばらくすると、紙から電子の時代への移行期にさしかかり、旅支度は二通りの構えになることが多かった。

自由時間用の文庫本。

資料。

原稿用紙、あるいはＡ４の紙。

筆記用具。

ミニ録音機。

録音用マイクロ・カセットテープ。

予備の乾電池。

一応、ノートブック型コンピューター。

延長コード。

一眼レフカメラ。

フィルム。

念のためにポラロイドも。

住所録。

携帯電話（重くて大きなショルダーバッグタイプ）。

充電器。

ときに、変圧器。

電話回線とコンピューターを繋ぐモデムとケーブル。

携帯電話用ミニアンテナ。

旧型公衆電話のための専用コイン二、三十個。

以上に最小限の着替えとパスポートを加えて、鞄の中身がそろう。キャリーバッグはたちまち文明の利器一式で満杯となり、引っ張るのも難儀なほど重い。見聞きして書いてすぐに送るための利器そのものが足枷《あしかせ》になり、移動するのが億劫になったものだった。

一九八〇年から九〇年にかけては日本もイタリアも好景気で、ニュースにも弾《はじ》けるような勢いがあった。集めて回りたいネタが各地で待ち構えていた。特ダネは秘密裏に迅速に仕入れて正確に伝えるのが肝心で、人任せにはできない。パパラッチや情報筋からは昼夜を問わずに連絡が入ってくる。しかもなぜか大物のネタは、深夜や未明、早朝に網にかかることが多い。

時間というのは追えば追うほど、逃げ足が速くなる。特ダネ狙いのトップ屋仲間たちは、時刻表に左右される乗り物は使わない。自動車でもじれったい。派手なネタの源であるモナコ公国は海に突き出した絶壁に沿ってあり、断崖を縫うヘアピンカーブだらけの道を辿らなければならず、まどろっこしい。

「いた。撮った。見てくれ」

連絡をよこすとすぐ、彼らは専用ヘリコプターで飛んでくる。その都度ミラノから重いキャリーを引いて電車や車で待ち合わせ場所へと移動していた私は、時間との競争に音《ね》を上げた。

〈いっそヘリコプターの着陸地に住んでしまえば簡単だ〉

せっかく作った拠点だったがミラノをあとにして、ニュースの売り買いに都合のよい、海と陸と空の交わるところへ引っ越した。叙情的な景色の場所へ、という意味ではなく、異なる移動手段が交差する地点に向かっての引っ越しだった。

時間と勝負を挑む気持ちで移り住んだ先はしかし、のんびりとしたところだった。ヘリコプターやモーターボートで駆けつけてくるような仕事仲間たちとの距離は縮まったものの、それ以外の世の中とは隔絶した。うっかりすると、誰とも言葉を交わすことなく数日が過ぎてしまう。なにせ唯一の話し相手は、海と山と空だったからだ。

恵まれた自然に囲まれているだけで、これといった個性はない。土地柄同様、住民たちも斬新さと主張に欠ける印象だった。まず自分が第一、という唯我独尊のミラノから移った直後は、輪郭のぼやけたようなその町や人が物足りなかった。味の薄い定食を毎日食べるような感じ、というか。

しかし、凝った料理は時たまだから美味しいのだ、と間もなく気が付いた。締め切りに追われ、度肝を抜くニュースを扱う毎日を送ることができたのは、穏やかで地味な町に暮らしていたおかげだった。常に神経を張り詰めているようなミラノだと、身も心も持たなかっただろう。

「二十年下の青年が新恋人だ」

「明晩、この沖合で石油王との密談があるらしい」

「世紀のキスまで、秒読みだな」

「鼻先を上向きにし胸は二カップ分ふくらまして、唇を肉厚に変えたぞ」

斜面に群生するオリーブに、海面の光が反射している。トビが上空をのんびりと旋回している。神々しい光景を前に、パパラッチたちから持ち込まれるネタを耳にするのは、現実味のない世界で一人、空に漂うような不思議な感覚だった。


私が借りた家は、都会人が週末や休暇を過ごすために建てられた別荘だった。町には遠く、主要道路から脇道へ入り、さらに車を置いて獣道を徒歩で登る。住人以外はやってこないので、不便と引き換えに手付かずの自然と静けさに囲まれていた。

夏は海で泳ぎ冬は山でスキー、とミラノやトリノの人たちは休暇を季節に合わせて定型化していて、その町には夏にやってくるだけだった。

晩春の週末になると都会から来る人が増え始め、六月には別荘に点く明かりで夜空が明るくなった。盛夏には、郵便局が窓口を三つも増やす。パン屋は昼の休憩を返上してピッツァやフォカッチャを次々と焼き、それでも足りず、手打ちのラザーニャやラビオリを作っては熱々を店頭で量り売りした。冬はシャッターを下ろしている店が、夏が近づくと華やかな貼り紙を用意して意気揚々と商売を始める。不動産を売るのである。子供の手を引いたミラノから来た若い母親たちが店頭の広告を覗き込み、来夏の貸家探しをしている。

それまで人影のなかった路地は、雑踏に変わる。ビーチサンダルの足音に自転車のベル、赤ん坊の泣き声が小径に響き、町が若返る。仕事を求めて町の若い人たちは他所《よそ》へ移るので、老人だけが残り、ふだんの生活の音は弱々しいのだ。

夏が去り始めると海沿いの旧街道から次第に車が減っていき、やがて仮設の食堂や土産物屋も店仕舞いをする。町の景観は暦《こよみ》とともに移り変わり、輪郭のはっきりしない元の姿に戻るのだった。海も山も、町の中央も郊外も、観光で活気付く夏の三か月間に、残り九か月間の生活を託しているようなところがあった。

町から西へ少し行くと、フランスとの国境だ。目の前の海を、著名人たちを乗せたヨットが南仏へ向かって走り過ぎていく。そういう地でありながら、町にはヨットハーバーどころか小舟を係留する港さえなく、海岸線が延びているだけなのだった。

私の家は旧街道を麓《ふもと》に置く山にあり、道のすぐ下から始まる海がよく見えた。小さな湾があって、そこそこの深さがあるのだろう。海の色は、濃い緑がかった青である。岩場らしく、大型船は近づかない。海が穏やかな日は、山の緑と海の青に白い船腹を染めて多くの自家用船が錨泊《びょうはく》していた。遠目にも、贅沢な造りがわかる船が多かった。数日前に沖合を素通りしていった、著名人たちの船が戻ってきたのかもしれない。潮流や岩場のせいで遊泳はできないところで、邪魔されずに錨泊するには都合がいいのだろう。

私は、自宅からのいつもの眺めを何の気なしに話した。町の中央に支局を置く、全国紙の編集局長とバールで昼食をとっているところだった。

「何だって？」

編集局長は食べる手を休めて、そこに錨泊する船の特徴を尋ねた。

高級船舶は、どれも似たりよったりの外観である。白い樹脂製で、巨大なアイロンのようだ。舳先《へさき》に近いところに舵があり、操舵室の窓の前に広々とした甲板があって、船が鼻の下を伸ばしているように見える。たいていそこに数人が丸裸同然の格好で寝そべって、日がな一日、魚でも干すように日光浴をしているのだった。

赤い帆の古式帆船や真新しい高速船に記されていた名前を言うと、編集局長は〈や

はり〉とうれしそうな顔をして立ち上がり、

「必ず礼はするから」

と言って、そそくさと新聞社に戻っていってしまった。支局が追っている人物の自家用船らしかった。

夏場、船でなければ辿り着けない場所では、色恋沙汰だけでなく重要な商談や政治の駆け引きも繰り広げられる。財界人が船を持つのは単に贅沢なだけではなく、交渉や接待の場を設けるためでもある。船は会議室であり、料亭なのだ。

地方版を賑わせて、編集局長はお手柄だったようだ。

いくら事件が起きても、載せる媒体と読みたがる人がいなければ、ニュースにならない。隠れた湾に浮かぶ船の数々は、私にとっては毎日見る景色の一部に過ぎなかったが、編集局長にとっては宝石だった。

それからの三か月、私は編集局長の案内で、海から山を縫うように訪ねて過ごした。旧街道沿いの一帯は表玄関に過ぎず、町は内陸の山間へと延びている。わずか四、五軒からなる小村から、山の頂をぐるりと囲むように住居が建て込む村など、周辺には数十もの村落があった。

編集局長が運転する車で山への上り下りを繰り返しながら、彼の記者人生の起伏について聞いた。トリノ本社への栄転を断って彼が町に留まったのは、生まれ故郷の過疎化を何とか食い止めたかったからだ、と言った。山でもなく海でもない。ぼんやりした土地柄に、新たに企業を誘致するのは難しかった。それなら、と編集局長は、産地証明の取れる地場産物を広めることを思い付いた。地場産といっても、ワインやオイル、野菜ではない。

「文化ですよ」

編集局長はそう言いながら、

「たいそうなことで」

すぐに気恥ずかしそうに笑った。

夏が終わると、町にさえ人がいなくなるのだ。内陸ともなると、クリスマスまでは親戚すらやってこない暮らしとなる。そのうち老いた住人たちがいなくなると、海から山を越えフランスや北イタリアへと続く道沿いの歴史もともに果ててしまうだろう。

編集局長は、一帯に生まれた詩人や小説家、音楽家たちを調べた。けっこうな数が見つかったけれど、県内はおろか同じ町内でさえ名を知る人がいないような作家ばかりだった。創作活動だけでは暮らせず、農業や教師、海の家でアルバイトをして生計を立てているらしかった。

編集局長が企画したのは、地産地消の文化イベントである。山育ちの詩人の作品を、海で生まれた舞台俳優が朗読する。横には、地元に古くから伝わる民謡を奏《かな》でるアコーディオン弾きがいる。内陸部に劇場はなく、石畳の路地に椅子を並べて聴いた。夏の山の夜は静かで心地よく、長い。ふだんは路地にひとつしか点かない外灯が、朗読の夜にはもうひとつ灯される。編集局長と朗読者、演奏者に私だけが、観客だった夜もあった。頭上の窓はどれも電灯が消えて暗かったけれど、開け放たれたままである。中で老いた住人たちがひっそりと、詩とギターを聴いているのに違いなかった。

毎回、編集局長は、詩や小説、戯曲から選んだ朗読箇所をプリントして聴衆に配った。本のページから路地に流れ出た詩や小説の言葉は、石畳と壁を伝い、夜の景色に溶けていった。生まれた地で朗読されて、詩や小説が息を吹き返し、空に舞うのを見る思いだった。

朗読と演奏が終わると編集局長は椅子を輪に並べ替えて、持参した地産ワインとひよこ豆を潰《つぶ》して焼いただけの簡素なツマミを出して、文化への貢献を労《ねぎら》った。テーブルもなく、不ぞろいのガラスのコップ酒と編集局長夫人の手料理の味わいが、今でも舌先に残っている。

ピナは、夏も終わりになった頃、朗読会に加わった。南米から帰国したばかりのギタリストで、目鼻立ちのはっきりした女性だった。四十歳を超えて少しも老けて見えないのは、家庭を持たずに音楽だけに没頭する毎日を送っているからかもしれない。高く通る声でカラカラと笑う。些細なことにもいちいち感心し、仲間の雑談にも熱心に聴き入っては目を見張った。凡庸な話もピナの前では、特別な物語になった。地味なまま脇に置いてあるほうが、底光りするようなこともある。すべてが劇的でなくてもいい。ところが彼女が現れると、祭りの中に紛れ込んだような空々しい明るさに包まれるのだった。

朗読を盛り上げるはずの音楽は、彼女の手にかかるとたちまち主役に取って代わった。低く流れる言葉を抑え込み、その上をギターの音色が跳ね回るように聞こえた。華やかな容貌もあってか、ピナが弾く夜は路地に出した椅子では足りず、座り切れない客たちを村人たちが自宅に招き入れ、二階の窓から顔を出して聴く人も出るほどに賑わった。

「サンレモ音楽祭や花祭りに続く、新しい催しになるかもしれない」

ビーチパラソルが撤去されて、浜は人影もまばらである。

からりと乾いた秋の日差しを受けながら、編集局長は得意げに話している。

「過疎化が進む内陸への人寄せのつもりだったが、観光客よりむしろ地元の人たちに好評でね。『秋も冬も続けて欲しい』という投書がずいぶん届いたんだ」

大勢の観客がいるならまだしも、過疎地に住む、表に出てこないような老人たちを相手に、演奏家や朗読者は気が萎《な》えないのだろうか。

編集局長は黙って、茶封筒をテーブルの上に置いた。十数枚の原稿だった。タイプライターで打たれた書体が、いかにも前時代めいている。〈O〉や〈P〉の丸の部分が、にじみ出たインクで黒く潰れている。書いた人は、よほど熱心にキーを叩いたのだろう。タイプライターの刻字が、紙を突き抜けそうな勢いで打ち込まれている。イタリアには珍しく、修辞を省いた乾いた文章が並ぶ。筆者はこの海近くの小村で生まれたが病弱で、短命を覚悟で生き存《なが》えてきた半生が記されている。

私はページを繰りながら、〈気の毒な身の上だとは思うけれど、印象の薄い地味な話だ〉と、途中で読む気を失くした。パパラッチたちと〈より強烈な〉事件を追いかけているうちに、いつしか他人の不幸の度合いを値踏みするような癖が付いてしまったらしい。情けなかった。しばらく黙っていると、

「ピナは、なんと言うだろうか。彼女に弾き語りを頼もうと思っている」

最後のページの欄外に編集局長のサインがあった。閲覧印ではなかった。原稿を書いたのは、彼自身なのだった。


人気《ひとけ》のない山奥でピナが編集局長の原稿を朗読すると、枯れ木のように寒々とした文体の合間から哀しさが溢れ出てくるようだった。彼女は低い声で切れ切れに読み、ときどき句読点を打つように弦をつま弾いた。私たちは、短調の音には辛さや嗚咽《おえつ》、溜め息を思い、長調の音には希望や歓声を想像して安堵した。地味と感じた話は静かに脈打ち始め、特別な物語として生まれ変わっていった。

冷え込む秋の夜だというのに、路地上の真っ暗な窓は開け放たれたままである。ピ

ナが弾き語りを終えると、窓の奥で独り言とも嘆息ともつかない、声にならない声が漏れた。事件記事でもなければ、文芸作品でもない。編集局長の原稿には、しっかりした輪郭がなかった。でもだからこそ、皆の思い出ともうまく重なり寄り添えるのかもしれなかった。

「秋以降もぜひ朗読の巡回を」と、新聞社に資金援助を申し出た人がいた。七十歳前後、元弁護士だという。定年後には趣味の演劇三昧を夢見ていたらしい。「巡回朗読は、地元の消えゆく歴史の保護でもある。ぜひ現役時代の人脈を駆使して手伝いたい」と、熱心に提案した。

秋が深まる頃には、編集局長の半生記は評判を呼び、過疎地の住人たちが心待ちにするようになっていた。引き籠《こも》って誰とも話さなかった老人たちが、ピナたちが来ると喜んで表へ出てきた。老人たちは朗読に聴き入り、自分たちの人生もなかなかのものだった、と各々の苦労比べになった。

「せっかくの申し出だ。厚意を受けて続けようと思う」

編集局長は上機嫌だった。

いったい何部ほどのコピーを刷っただろう。

編集局長の原稿は、冬を通して繰り返し朗読された。張り込むだのすっぱ抜くだの、相変わらず特ダネ取りに慌ただしい毎日を送っていた私には、彼の原稿の生むぼんやりした世界が今ひとつピンと来ないままだった。定年を間近に控えた編集局長が、サンレモ音楽祭や著名人の夏のスキャンダルばかりでなく自分の思うような文章を書き残したかったのだろう、くらいに考えていた。

もうすぐ夏がやってくる。他所からの観客にも土地の文化を聴かせて回る三か月間の始まりだ。町にハレが訪れる。そういう朝、ある新聞記事が目に留まった。近づく県議会選の特集が組まれていて、立候補者たちの中にあの元弁護士の名前があった。

『奥地まで分け入り、草の根の市民活動を行ってまいりました』

元弁護士の誇らしげな言葉が見出しに躍っている。とたん、さまざまな場面が目の前によみがえった。

夏の、弾けるようなピナの演奏。

朗読者の低い声。

路地の電灯。

秋冬の山間地で朗読された、編集局長の不遇。

タイプライターの文字。

ギターの弦。短調と長調の一音。

黙って頷き、目を潤《うる》ませる老いた住人たち。

巡回朗読の支援を申し出た元弁護士は奥地へも必ず同行して、朗読が終わると老人たち一人一人と熱心に話し込んでいたっけ。あれは、票集めのためだったのか……。


いくつか夏が過ぎて、元弁護士は県会議員となり、編集局長は定年退職し、ピナは再び南米へと発っていった。編集局長の原稿はあれだけ繰り返して刷られたのに、結局、本にまとまることはなかった。

7　本屋のない村

霜が溶け、濃霧が下りてこなくなるのを見計らって出かけていくと、丘は地平線と空の間に青い濃淡を重ねている。なだらかな丘陵地帯は、見ているだけで気持ちが優しくなる景色だった。まだ新芽には遠い肌寒さだが、ひと刷毛したような薄雲がたなびいている。

エミリア地方。北部イタリアのこの一帯には荘園領主時代の風景が残り、道の両側には視界の届く限り農耕地が広がっている。ところどころにまとまった木立が見える。木々は細い幹を高く伸ばして立ち並び、風が吹くといっせいに梢をそろえて揺れている。ひょろりと背丈ばかり伸びた少年のように頼りない。区画の目印なのか防風林なのかと思っていたら、地元の人から、農耕地の一角を使ってケヤキやポプラといった街路樹の栽培をしているのだと聞いた。

高速道路からの眺めは、目の端で捉えすぐに後方に流れていく斜めの景色に過ぎない。海の町ジェノヴァに行く用事ができたのを機に、市道や県道伝いに行ってみることにした。速度を落とし、いつもの景色を見直してみたかった。区間の鉄道路線は山から山へトンネルを貫いて走るので、景色が飛び飛びに消えてしまう。車で行かなければならない。

丘には一軒家が点在している。丘をなぞるように道が走っている。舗装されて幅広のところもあれば、丘をゆるゆると這い上がっていく砂利道もある。水涸れした広い川に架かる橋を渡ると、対岸に張り付くように集落が見える。教会とサイロを結ぶただ一本の道が、その村の目抜き通りである。全長三、四百メートルというところか。それほど小さな村なのに宿屋が何軒もあり、通り沿いに看板を出している。村の名を、〈油の橋〉という。

この小さな村を知ったのは、二十五、六年前のこと。ミラノの友人たちと気晴らしに出かけた先だった。

平日は皆の帰宅時間もそろわないため、食事に呼び合うのもままならない。いっそ週末に日帰り旅行に行くようなつもりで、市外へ食事に行こうということになった。大学の頃に南部からミラノに来てそのまま居も仕事も構えた友人がいて、近郊の名所をよく知っていた。名所といっても観光地として有名なところではなく、あるのは美味しい空気と郷土料理といった、気の張らない小村ばかりだった。車で二時間も走れば着く。思いたったときに行ける非日常の空間であり、また多くの地方出身者にとって手近で味わえる擬似故郷のような場所でもあるのだろう。

高速道路ではすぐに着いてしまい味気ないので、旧街道で行くことになった。

「イタリアの水田地帯を見せてあげる」

ミラノ東端の住宅街を抜けるとぼちぼち畑が現れ、やがて床材店やシステムキッチンを売る店、家具や照明器具を扱う店が道沿いに見え始めた。倉庫を改良したような道端の店はどこも埃まみれで、いかにも侘しい店構えである。デザイン最先端のミラノに隣接しているとはとても思えない。

「ああ、ほっとする」

ところが車内の友人たちは、野暮ったい沿道の風景に大喜びだ。

友人は路上に駐車し、看板も出ていない道沿いの一軒へ私たちを連れて入った。店内には、ところ狭しと熟成サラミソーセージやチーズ、酢、ワインが置いてある。地元産の食材問屋らしい。丸々としたにこやかな女性の店員と友人は顔馴染みらしかった。

「今日は、〈芯〉が入ってきましたよ！」

円柱形のパルメザンチーズが真空パックになって、ワゴンに山盛りになっている。型丸ごとだと数十キロはあるチーズは、一般向けの商品化の際に三角形に切り分けられたりすり下ろされたりするが、円柱は成形機械にかけたときに出る切り落とし分だという。

「これがまた、美味しいところでしてね」

店はパルメザンチーズのメーカーの直営で、品質は変わらないが商品としては売れない半端ものを一般客に直売しているのだった。

チーズやサラミソーセージをどっさり仕入れて、食堂を目指す。

県道を下りるとまもなく、水田風景が広がる一帯に出た。畦道《あぜみち》を行く。水面に苗の影が並び、合間に雲が映っている。イタリアなのか日本なのか、ふと混乱する。北部では一年を通して、パスタと並んで米料理が食卓に並ぶ。北イタリア人の胃袋を支えるのは、この一帯と北部にある数か所の水田地帯だ。

「窓を閉めて！」

フロントガラスに当たる音が聞こえそうなほど、大量の蚊が飛んでいる。子供の掌《てのひら》ほどの大きさの蚊もいて、大急ぎで先へ進む。

水田を抜けると、丘を背景に、中世の古城を模して造った荘園領主の旧邸がそこここに残っている。農耕地の中を邸宅へ向かって私道が延び、小さな跳ね橋の向こうに扉が見えている。城周りの堀には水はなく、背の高い雑草が立ったまま枯れている。玄関扉は鉄ではなく木製で、すっかり朽ちている。相続するとさぞ大変だろう。石を積み上げて造られた城は別荘として使うには広過ぎ、ホテルに改築するには傷み過ぎている。やむなく自治体に寄贈する家も多いと聞く。主のいなくなった城は、荒涼としている。石垣の隙間から野草が生えているのを目にすると、しみじみと切ない。

栄雅の跡を離れ、水の無い川に出た。〈油の橋〉を渡った先に食堂があるのだった。

村に入ると、目抜き通りいっぱいに市場が立っていた。ミラノの青空市場と同じようにバッタ屋が廉価な部屋着や靴を並べているのだろう、と歩き始めて、驚いた。大半の露店が売っていたのは、農機具や道具、肥料や殺虫剤、家畜飼料だった。直径一メートルほどもある金ダライが積み重ねてある横には、二十リットル入りのガラスの大瓶が並べてある。〈純度九〇パーセントのアルコールあります〉と手書きの紙を貼った店もある。

農作業から直接立ち寄ったらしい男たちが、泥だらけの作業着のままで電動ノコギリやらハンマーなど手に取り、熱心に見ている。野菜や肉の買い物をする家族連れもいる。青果店の前を通ると青い匂いがツンとして、草むらに寝転ぶようで清々《すがすが》しい。

「今朝、刈り入れてきたところだからね」

白い山は、近づくと生米や小麦粉である。友人は立ち止まって店主と一言二言交わし、少し考えてから、

「じゃあ、これを三キロほど。そっちも貰っとくかな」

小粒の生米をジュート袋に入れてもらっている。

生肉を捌いて売る精肉店やパン屋、乾物店、チーズや鶏卵の専門店。何がうごめいているのかと網付きの箱を覗いたら、カタツムリである。「どうだい、カエルもあるよ！」。ないのは生鮮魚介類くらいだろうか。

「こうやって運んだのですよ」

魚屋はあるかと尋ねると、乾物店の主が塩とオイル漬けしたイワシの瓶詰を掲げてみせた。軒先には、真っ白に塩を吹いた干ダラや魚卵の塩漬けやサバの缶詰が並んでいる。昔、商人が海から大切に運んできたのは、魚介類そのものもさることながら、何よりそれに染み込ませた塩だったのである。

〈油の橋〉。リグリアの海から内陸を抜け、アルプスを越えて異国へと繋がる旧い商人たちの旅路の途中に架かった橋だった。いくらこの一帯が豊饒の地でも、オリーブは栽培できない。寒過ぎるのだ。オリーブオイルと塩は、香辛料と並んで長らく宝物だった。広い川と丘に挟まれた小さな村に立つ市は、土地の産物の他に、海から山へ山から海へと往来する行商人たちが荷下ろしして、商いする場なのだった。

友人が案内した先に、食堂はなかった。代々続く農家の中庭で、その家の親族や知人十四、五人がすでにそろっているところに、私たちも加わっての食事なのだった。道すがら順々に買い込んできた円柱形のチーズや粗挽きの豚ソーセージ、生ハムを出すと、主はポンと勢いよく音を立てて甘めの発泡赤ワインを開け、歓待した。

丸ごと買ったパルメザンチーズをくり抜いて、そこへ今しがた市場で仕入れてきた米を煎《い》って固めに煮て放り込む。木杓子でかき混ぜているうちにチーズが溶け出しリゾットが出来上がる、という具合だった。

市が立たないときの村は、住人だけで変わらぬ日課を繰り返している。通りには数軒のバールがある。まず通りを往き、引き返してくるときに入り、コーヒーを頼む。座って、話す。店内には、新聞が数紙置いてある。朝からすでに四隅が読み癖でめくれ上がっているのはスポーツ新聞と地方紙で、全国紙は二つ折りを崩さずテーブルに載っている。

地方紙は県全域を扱うものと、村周辺だけのミニコミのようなタブロイド紙がある。地方版であってもさすがに一面には、世界の大事件が報じられている。ところがタブロイド紙は、一面からすぐに近隣での事件報道に忙しい。添えてある写真の中の景色は、どれも同じに見える。行きがけに見た、農地が視界いっぱいに広がる風景を思い出す。

窃盗、口喧嘩の末の傷害や殺人、交通事故、収賄《しゅうわい》と、小さな揉め事から命に関わる事件まで、小さな村々での出来事が詰まっている。見渡す限りの自然に囲まれる大らかなこの土地で、いったいなぜ、という悪事のさまざまを読む。乾き切って淡々とした都市部では想像も付かないような、湿っぽく濃厚な人間関係があるのかもしれない。

事情を微に入り細に入り伝える記事に息苦しくなり顔を上げると、隣のテーブルにいた初老の男性たちと目が合った。

〈起き抜けに、読めたものではないですな〉

テーブルの上で両手を軽く広げて、肩をすくめる。

〈ほんとうに〉

挨拶を兼ねて私が頷くと、

「最後のページをお読みなさい」

口直しに、と勧めてくれた。

さまざまな告知が掲載されていた。〈茸《きのこ》祭り〉〈鴨フェスティバル〉〈共産党夏祭り〉〈ホール改築祝い〉……。

あとから店に来た客たちも集まってきて、いっしょにページを覗き込み、

「初めてなら、ここから見てみるのがいい」

「この大会は、旨いよ」

「うちのワインはここに出てる」

「俺は、夕方六時くらいには行くつもり」

ワインの話から茸狩りの話に移り、あの村の誰某はポルチーニ茸の生える場所をよく知っている、と噂話が始まる。

そういえばあいつは昔、食堂を経営していたな。

そうそう、あのときの手伝いの女性はどうした。

美人だったよな。

春祭りで見かけたぞ。

身なりも喋り方もずいぶん垢抜けていたらしいね。

やはりボローニャに引っ越したという噂は本当なのか。

ボローニャといえば、次の農機具フェアのことだけどな……。

新聞の最後のページを広げたまま、私はテーブルの周りで広がっていく世間話に耳を奪われた。土にかかり切りで他所へ出ていくこともままならない人たちが、市場や祭りを介して外界を知る。情報交換は大雑把《おおざっぱ》なようで妙なところで細かく、声高になったり低声《こごえ》になったりの名調子の講談を聴くようだ。

〈油の橋〉の架かる村には、書店がない。両隣の村にもない。新聞も入荷部数が少ない。それでも住人たちは、ここで生きていくのに必要な情報だけを見つけてきてはこれと思う相手に直接伝えて、用が足りている。海から山へ、山から海へ。旧街道を往来したのは、塩やオリーブオイルだけではなかった。商人たちは、物資だけでなく情報も運んだのである。

ひなびた村のバールで読んだ地方紙は、日めくりに書き込まれるひと口話に似ていた。脈々と伝わる、語り部の調子だった。数行でまとめられた一見些細な出来事にも、土地に住む人には読める濃い事情が、行間に書き込まれているのかもしれない。旧街道を辿る旅程は図らずも、文字にはならない場所や人間関係を伝う道筋となった。キオスクや書店がない背景を、文字を読まない人たちのせい、と軽んじてはいられない。

文字のない生活、恐るべし。

情報を読み書きして暮らす私には、やりとりの手段を一から変えて入っていくヒントとなった。

乾涸《ひから》びた川沿いに行く。山をいくつも越えていく。

道すがら、あの茸狩りの名人を探した。夏祭りの運営を担う顔役でもある、と聞いたからだ。地図には道が載っていない。もつれた糸くずのような私道から私道へ折れて、家は畑の中にあるらしい。

「丘の窪みに建っているから、外からだと見えないよ」

バールの店主は、丘を縫うようにゆっくり行くといい、と勧めてくれた。

ジャリジャリとタイヤが音を立てて進むと、だいぶん前方から犬がさかんに吠え始めた。啼《な》き声に向かって小径を右に折れると、前方にワラの山が見えた。そこが彼の家だった。

知り合って間もないというのに、彼は中庭にデコラの小さなテーブルを出してくると次々に瓶を並べ置いた。おい、と家に向かって声をかけると、まな板とサラミソーセージを抱えて三十過ぎの太った女性が出てきた。

「もうすぐセルジオも来ますから」

まるで私もその人をよく知っているかのように告げた。待つ間にこれでも食べて飲んで、と勧めるのだった。甘酸っぱく薄い喉越しは、絞ったばかりなのだろう。醗酵前の葡萄汁《ぶどうじる》は、皮ごと実を噛むような青い味わいだ。

三々五々、人が集まってくる。農作業帰りでここに集まり昼食を共にして、また午後から作業に戻るらしい。

「遠いお国からようこそ」

そう言いながら、給仕を手伝いに来た女性が私の隣に座る。昼食仲間の一人の妻らしい。いきなりポケットから使い込んだ革製の財布を出し、細かく折った紙片を取り出した。新聞の切り抜きだった。五センチ四方の記事は、写真付きである。円内の制帽姿の若い男を指して、

「うちの息子なんです」

母親の顔になって自慢した。軍隊に所属している息子が、遠い異国で最前線に立ったときの記事らしかった。何度も開いては畳んでいるのだろう。折山は丸く、今にもすり切れそうになっている。

「機械いじりが好きで、県内の農機具メーカーにでも就職するのかと思っていたのですけどね」

幼い頃に村の教会が企画したバス旅行でジェノヴァへ行き、空軍の航空ショーや海

軍の帆船によるレガッタを見て驚き、進路を決めたのだという。

脇にいた中年男が、

「農機具は面白いよ」

母親の話にいきなり割り込んでくる。すると食卓では、どのメーカーの耕耘機《こううんき》がいいかという議論になりいつの間にか、どこそこの機械メーカーの社長がまたフェラーリを買った、という話に移っている。

遠い異国の最前線へ息子が派遣された、という話題が出たら、ミラノならすぐに戦況、イタリアの軍事政策、ハトタカの政治家たちの言動、国の将来、と激論となっただろう。ところがここでは、食事に集まった男たちの雑談で、軍隊の息子から話題は逸らされてしまった。話の腰を折られた母親は、持って行き場のなくなった自慢話の残りを呑み込み、新聞の切り抜きを大切に折り畳み財布の中にしまい込んでいる。もし戦地の話が続いていたら、母親が誇りの下に隠す戸惑いと心配が表に出てくるようなことになっていたのかもしれない。

知ってか、知らずか。

食卓についた昼食仲間たちの顔をそっと窺う。

皆が午後の仕事に戻ると、茸の名人と昼食の後片付けをしながら雑談する。彼は、初秋になると夜の明けないうちから茸狩りに行く。いつどこに生えるかは名人にしかわからず、他人には秘密だという。

「美味しい茸ほど、人目に付かないじめついたところに生えるのです」

ニヤリとした。

興味深い情報も、茸のようなものかもしれない。

あれこれ連想していると、坂道の途中にある簡易食堂へ立ち寄るといい、と勧められた。

「きっと美味しい茸が見つかりますよ」

8 自動車雑誌

道はゆるい下り坂で、つづら折りになっている。ハンドルを切るたびに林の濃淡の異なる緑色や茶色が見えては隠れ、目に優しい。いくつか丘を越えてようやく、〈マリア食堂〉と手書きされた看板が目に入った。店は坂道沿いに横の壁面を見せて建っていて、坂上にある入り口と坂下の店の後部とでは、道沿いの壁の高さに一メートルほども差がある。入り口の前には小さなコンクリートを打った空き地があり、四、五卓ほどテーブルが並べてある。客はいない。

道沿いに車を停めて、店内を覗いた。入ったすぐのところがカウンターになっていて、中年の店主が客の相手をしている。

「お待ちしていました」

あらかじめ茸狩りの名人が、私の訪問を店に知らせておいてくれたらしい。面喰ら

っている私に、

「早速お連れしたいところがありますが、まずはどうぞ」

客が愛想良く店主に続いて言った。店主はいそいそとした様子で生ハムを骨付きの塊からナイフで削ぎ切り、グラスに赤ワインをなみなみと注いだ。

「〈倶楽部〉へようこそ」

店主と客が乾杯の音頭を取り、私もつられて、わけもわからないままグラスを上げた。

倶楽部、か。店には怪しげな雰囲気はないが、飾り気もない。四方の壁とカウンター、数卓のテーブルというだけのごく質素な作りで、厨房すらない。カウンターの隅にコンロが二個。オーブンとエスプレッソ・コーヒー・マシーンがあるだけである。凝った煮炊きはしないらしい。

「うちは簡易食堂ですのでね」

キョロキョロしている私に店主は笑い、冷凍庫を開けて見せた。アルミ箔の角皿が十数個、隙間なく積み重なっている。〈茸のクレープ〉や〈キジ肉〉〈ラグー〉〈野菜のラザーニャ〉〈タマネギの肉詰め〉などと書かれたラベルが貼ってある。どれもせいぜい二、三人前という分量だ。

「既成品ではありません。このあたりの収穫物が原材料の自家製です」

こいつの奥さんは料理上手で、と客が横から言い足した。客の注文に合わせて必要な分だけオーブンに入れる、というわけだ。

調理をしないので店内には匂いも蒸気も籠らず、すっきりとして、どこか集会所を思わせる雰囲気がある。

スポーツ新聞と地方紙が木製の綴じ棒に束ねて壁に掛けてある。壁の空いたところには、引き伸ばした写真が額装されている。一枚、二枚……十五枚もある。すべて車の写真だ。丘陵地を背景に二、三十人もの人が、フロントをそろえて停めた数台の車の前でニコニコ顔を並べている。どれも同じ車種のように見えた。

「ラリーのわりには、泥が跳ね上がっていませんね」

わかったふりをして私が言うと、

「当たり前ですよ。一年に一度の集まりのために念入りに磨き上げて、皆、そうっと車庫から出してくるのですから！」

店主と客は、ラリーだなんてとんでもない、と悲鳴を上げるように説明した。十五枚に写る車がすべてフェラーリだと知った。しかも全車、ビンテージ。

簡易食堂は、フェラーリ倶楽部の事務所なのである。

こんな農村の、奥まった丘陵の合間にフェラーリだなんて、と私が疑わしい顔をしたのだろう。店主は食堂のドアに鍵を掛け、付いてきて、と手招きした。

店の奥の扉を開けると、地下への階段があった。コンクリート打ち放しの地下室は冷んやりとしていて、ワインやビールの箱が積み上げられ、梁からは熟成チーズやサラミソーセージ、干しトマトがぶら下がっている。店主が神妙な顔でソーセージを横に退け、壁のスイッチを押すと、ジーッという小さな音とともに壁が滑り上がり始めた。

フェラーリ。

ほお、と深い息を吐いたのは、私ではなく店主である。

「仕事が一段落すると、下りてくる。ワインが切れれば、下りてくる。チーズを取りに、下りてくる。用事がなくても、下りてくる」

愛車を惚《ほう》けたように見つめたまま、店主は説明した。

上階でのごく平凡な印象と、地下の赤いフェラーリのちぐはぐぶりがおかしい。

黙って見ていると、

「このくらいで驚いていては！」

倶楽部仲間でもあるらしい客が言った。酔いが醒《さ》めるのを待って、皆で二つほど丘向こうの村へ行くことになった。

地下の薄暗さに目が慣れてくると、フェラーリが入れてある場所は床がリノリウム敷きなのに気がついた。空調まで入っている。納車時の書類が額装してある。隣には、新緑の丘陵を疾走するフェラーリの勇姿。雲ひとつない青空の下、赤が燃えている。

フェラーリを撫でながら、店主と客は溜め息を吐くばかりで話にならない。二人は地下に置いたまま、上階に戻り新聞でも読んで待つとしよう。

店の奥に小さな本棚がある。ずらりと同じ背表紙が並んでいる。『四輪』『自動車』『FERRARI』。下段には、年代を記したクリアファイルがそろっている。おびただしい切り抜き記事が、台紙に貼って整理されている。どれももちろん、フェラーリ。

雑誌を読み始めるが、数行も行かないうちに挫折する。車の部品名や車種、運転テクニックなど専門用語ばかりで、意味不明なのだ。

『人気連載！　読者の乗車体験記』でも読んでみようか。

〈……やはりこうでなくては！　日本車は性能も燃費も抜群だが、ディテイルの洒落感がなさ過ぎるのだ〉

ディテイル写真が出ている。購入時に渡されるキーホルダーらしい。馬が前脚を空へ上げ、猛々《たけだけ》しい嘶《いなな》きが聞こえてきそうだ。

〈……濡れた道を走るとき、車体は受けた陽を路面に跳ね返し、運転しているこちらの頬まで赤く染まる……〉

読み進めるうちに、フェラーリは次第に車でなくなってくる。

〈……グイと踏み込むと即、ぴくりと反応する。急にロウに入れると、《どうしたの？》僕に素直に従うものの、納得のいかない声を漏らす。キーを抜き、降りる。完璧なラインのボディに、指先でそっと触れる。奥のほうから唸りが漏れ、まだ小さく震えている。艶やかな肌は、火照《ほて》っている。この赤だ……〉

うちにモータースポーツの取材依頼があると、担当するのはたいてい年長の記者だった。メカマニアの新人よりも、熟年の記者のほうが原稿を巧みにまとめてくる。単に年季の違いかと思っていたが、今日ここで専門雑誌をじっくり眺めてやっとその理由がわかった。

マニュアルどおりに運転すると、面白味のないことが多い。車種ごとの癖がある。少しずつ性格を探り、手懐《てなず》け、思いどおりに乗りこなす。男尊女卑のように威張って乗り回しているつもりでも、車に乗られている男性は多い。手懐けたはずの車から実は操縦されるのが、得も言われぬ快感なのかもしれない。その駆け引きは、恋愛の手練手管とも通じる。車好きにとっては、ただの鉄の塊ではないらしい。

女性ドライバーが担当するコラムもある。それまで車は〈女〉なのかと思っていたら、彼女の手にかかるとたちまち〈男〉に変貌する。

〈……あえてぎりぎりまで、ギアをアップしない。早くいいところを見せたくて堪らないのでしょう？　そうはいかないわ。低いところでも、盛り上がりを作ってみせてちょうだい。完璧な路面ばかりとは限らないのよ。砂利道とぬかるみを交互に走ってみる。急な坂道。七曲がり。硬軟を難なくこなせて初めて、一人前じゃないの……〉

焦《じ》らしては挑発する記者に車が実力を見せようと挑みかかり、もつれ合うような走行の描写が続く。読み進めるうちに、車の雑誌であることをすっかり忘れてしまう。これでは、恋愛指南か官能小説ではないか。

「いやあ、すっかりお待たせしてしまって」

地下からやっと上がってきた二人は、頬を火照らせながら雑誌を読みふけっている私を見て、「そうですか、ファン心情をわかってくれましたか！」と、勘違いして喜んでいる。

今日じゅうにジェノヴァへ入るのは、諦めたほうがよさそうだった。

日が地面と並行に差し込んでいる。

「道が悪いから」と、客が乗ってきた小型トラックの助手席に私、店主を荷台に乗せて出発した。国道をまっすぐ十分、県道との交差点を右に折れて五分。市道へ入ると道が混み始めた。自家用車はほとんどなく、大型小型のトラックか三輪車、トラクターやハーベスターまで往来している。速度は車種ごとにまちまちで、間に挟まれてセカンドからサードを上げ下げしながら進む。ギアを切り替えるごとに、トラックはうめき声のような音を立てる。さっき読んだ記事みたい、と私が笑うと、

「こいつは田舎の平凡な熟女ですがね、身を粉にして実によく尽くしてくれた」

客は、ハンドルを愛おしそうに軽く叩いている。

店主は荷台に両足を投げ出して座り、後ろに流れていく景色を眺めている。道は、灰色に近い茶色の耕地が広がる中を突き抜けていく。素人目にも豊沃《ほうよく》な土壌であるのがわかる。遠くから、ウーンという耕耘機のモーター音が聞こえてくる。歌うように高い声を上げ、黒い小鳥が土から土へと飛び移っていく。くちばしの黄色が華やかで、農地に小花が舞うようだ。

果てのない自然界の色や音、匂いにうっとりしていると、トラックは脇道へ入って停まり、短くクラクションを鳴らした。

高さ三メートルはありそうな二枚の鉄扉《てっぴ》が、重々しい音を立てて開く。門の正面に両手を広げて、大きな男が出迎えた。

「おう！」

熊が吠えるようにひと声挨拶すると、前に立って〈ついてこい〉と手を振った。命じられるまま、煉瓦造りの巨大な倉の前にトラックを置いて砂利道を歩く。

ただ畑ばかりという景色から突然、手入れの行き届いた庭園の前に出た。足下には、大きさのそろった真っ白な玉石が敷き詰められている。露草が柔らかに庭全体を覆って、ヴェールを被《かぶ》せたようだ。区画ごとに種類の異なる花が植えてあり、色とりどりの花が種類ごとに向きをそろえて靡《なび》いている。庭園の先に、左右両側から半円を描いて上る石の階段がある。その上で、堂々とした体軀《たいく》の女性が手を振っていた。

「奥方様！」

店主は改まった声を上げ、胸に手を当て頭を垂れた。店からいっしょに来た客も大柄な案内人も、そろって頭を下げている。男性三人からうやうやしく表敬を受けて、その女の人は階段の中央に立ったまま軽く頷いている。

「私が、ライパ公爵夫人です」

自ら称号を付けて自己紹介する人に会うのは初めてで、私は返答の作法を知らない。慌てて男性三人を真似て片足を後ろに引き、深く頭を下げてみる。

それにしても、見た目はごくふつうの農村の女性である。足下は一見平凡なスニーカーだが、横に高級ブランドのマークが入っている。表面には、ラインストーンがちりばめられている。靴紐はラメ。スキニー・ジーンズ。黒い薄地のセーターは、丸い肩や外へ広がる胸、何重かになった下腹をくっきり見せている。脇に抱えていた黒い革ジャンパーを大柄な案内人に無造作に手渡し、

「お疲れさん。もういいわ」

荒い口調で言った。挨拶もし終わらないうちに公爵夫人は一方的に切り上げると、さっさと建物のほうに向かって歩き出した。高飛車《たかびしゃ》な言い方やぞんざいな振る舞い、人の話に耳を貸さない様子は冷たく、居心地が悪かった。夫人から声もかけられないのに並んで歩くわけにもいかず、下僕になった気分で黙って後ろからついていく。

彼女が荒々しく顎をしゃくると、案内をしてくれた大男が「はい奥方様」と低く答えて建物の扉を開けた。観音開きの扉の向こうに現れたのは、居間ではなかった。

フェラーリ。

「そっちもね」

もう一度顎をしゃくると、隣の扉からもう一台のフェラーリが。

そうして五つの扉から五台のフェラーリが姿を現した。男三人は息を飲んだまま、陶然としている。私は、その三人と公爵夫人に茫然としている。

「乗りたい?」

高慢に、しかしたっぷりの甘みを語尾に含めて、公爵夫人は私たちを順々に見回した。三人は身を硬直させて、公爵夫人の次の言葉を待ち受けている。

彼女が顎をしゃくると、案内の男は大股で屋内へ入り、赤いビロードの宝石箱を持ってきた。

「一台ずつ、好きなのをお選びなさいよ」

自転車でも貸すように公爵夫人は命じたが、結局、店主と私で一台、客が一人で一台、公爵夫人と案内の男が同乗しての三台出車に止《とど》まった。

それから薄暮までの二時間、私たちは農道を突っ切り、県道から国道へ、道という道をフェラーリ三台で走り抜いた。

田舎の道で乗るような車ではない。私には車体が低過ぎて、落ち着かない。地面の凹凸《おうとつ》がそのまま臀部に響いて痛い。小石の数を数えられそうだ。少しでも飛ばそうものなら、ホースでガソリンを撒き散らすような印象がある。ブーン、ウワーン、ゴオーッという下腹から突き上げて脳天を揺さぶるような震え、爆音が響く。ギアを切り替えると身がぐいと引っ張られて、地球の引力が全身にかかる。

店主はフェラーリを持っているというのに、「こいつは！」とうめいてハンドルを握っている。

高くうねる音がしたかと思うと次の瞬間にはもう赤い点となって、公爵夫人と案内の男のフェラーリは、私たちの二台には追い付かれることなく視界から消えてしまった。

公爵夫人は、イタリア半島の歴史を紡いできた名家の出身で、国内外に無尽蔵の資産を有するらしい。一族の財産と利権を守るため、人身御供《ひとみごくう》のように北イタリアの富豪へと嫁いできた。実家のある海から嫁ぎ先の山へと両家の名声と富は繋がり、特権はさらに拡張した。

「さっき僕たちが走り回った一帯はすべて、一族の所有地なのですよ」

農地改革があっても、長い歴史のもと築かれた土地の主と従の関係は変わらない。代々の土地とそこに暮らす人々を、一族で守り続けている。監視し続けている。

走っても走っても行き着かないほどの土地を持つ、という意味を思う。広ければ広いほど、その責任の重さは増す。のびのびとして見えるのは持たない者の羨望であり、有する人は所有するものにがんじがらめなのではないか。

無理をして粗雑な身繕いをし、使用人や近隣の男たちと泥の中を走って面白がり、同胞のごとく振る舞ってみせる。特注のフェラーリで。

しばらく前から公爵夫人は、一人息子を伴って丘陵地帯で週末を過ごすことが多かった。ミラノ生まれの子供は、喘息気味で弱々しかったからだ。ときどきの週末がやがて毎週になり、数日の連泊となって、夏休みの大半もここで母子で過ごすようになった。

夏祭りの最後の晩、公爵夫人は村人に交じってワインやハムを買い食いしたり、農民たちの輪に入って夜を徹して踊ったりした。そのざっくばらんな様子に、村が沸いた。

祭りの後、公爵夫人は息子の転校手続きをしてミラノから二人で村へ引っ越してきた。村じゅうが息を潜めて、ことの成り行きを窺った。

「赤は赤でも、ワインで止めておけばよかったのにな」

店主がぼそっと呟く。

先に屋敷に戻った私たちは、公爵夫人たちを待ちながら彼女の葡萄園で作ったワインを飲んでいる。あの大柄な男が、夫人から葡萄園とワイン作りを任されている。まだ荘園だった頃から、代々彼の家はこの土地で小作人として農業に携わってきた。ジャガイモやトマト、トウモロコシに麦。葡萄をはじめとするさまざまな果樹。先祖がしてきたように、彼も丘陵を回り作物を育て土と生きてきた。

夏祭りで公爵夫人と一晩踊り明かしてから、彼の毎日は一変してしまった。

〈もっとお仕えさせてくださいませんか〉

踊りながら、そのようなことを口にしたのかもしれない。

葡萄の摘みどきを見に来るよう、夫人から呼ばれて彼は屋敷へ出向いた。

「乗ってみたい？」

屋敷の自家製赤ワインを飲みながら、彼女は誘った。

彼は、家庭を赤い誘惑の背後に捨て置いた。

〈どれだけ疾走しようとも、どうせこの主の掌の上でのことなのだ。この土地に尽くすのは、一帯に生まれた者の喜びだ。いや、天命だ〉

「赤は魔物だなあ」

店主と客は、地酒で頬を染めている。

質素な店と地下で赤く輝くフェラーリの不釣り合いを思う。

倶楽部、か。
赤に酔うファンたちの気持ちを推し測る。

9 貴重な一冊

国道や県道を辿って、ミラノからジェノヴァまで行った。ときどき舗装された道路は途切れ、曲がりくねる細い山間の道も走った。道路標識を頼りに進み、分岐点で迷うと太陽を見て方向を決めた。ただ南へ。ミラノから離れるにつれて標識からは見覚えのある町名が減ってゆき、そのうち知らない地名に囲まれた。ミラノとジェノヴァの間は繰り返し往来している区間なのに、脇道に下りたとたん、見知らぬ景色の続く旅へと変わった。

いくつ目かの村に寄り道をする。出がけにミラノの友人から、

「個展を開いている知り合いがいるから、ぜひ」

観てくるように勧められたからである。

その画家ヴァレリオは老いてミラノでの暮らしを畳み、車にわずかな家財道具と作

品を積んで、イタリア半島南端へと移動する道中だという。南部の海沿いの村に息子が結婚して住んでいて、画家はそこへ引っ越すのだ。

六十歳を超えるまで描いても創っても、売れることは稀《まれ》だった。新聞や雑誌に挿絵を描き、絵画教室を開いて暮らしてきた。何冊かの絵本でその作品を見ていたので、会えるのがうれしかった。縁のあった地を何か所か選び、個展を開いては閉じして南下しているのだった。

村の入り口に、ヴァレリオが立って待っていてくれた。

石を積み上げただけの小さな門には扉もなく、向こう側の景色が見えている。細い道が延び、並行してすぐ脇を流れる川のせせらぎが聞こえてくる。何時に着くか知れない私を出迎えてくれるなんて、と驚くと、

「ここが展示場なのですよ」

彼は、どうぞご覧ください、と両手を広げた。

朝から雲ひとつない日で、村の入り口の大木の幹や枝、連なる平屋の住宅やバールの軒先、細い道端に並べてある椅子や小卓に、大小さまざまな絵が立て掛けられたり吊るしてあったりした。どの絵も明るい中間色で、優しい。この村の風景なのだろう。

野で遊ぶ小さな男の子たちや犬猫が描かれてあり、そのまま抜け出しテーブルの下にもぐったり木に登り出したりしそうだ。

「昔よく子供たちを連れてここへ来て、テントを張り夏休みを過ごしましてね。海は遠くて、なかなか連れていけなかった。山間の川での水泳は、格別でした」

絵に案内されるように村を歩き、川沿いの道を伝って木々の深い山中へと入った。

せせらぎの音が大きくなったのは、すぐ先に数メートルの滝があるからだった。

「いつものをね」

食堂とは名ばかりで、テーブルは大木の下に並べてある。出てきたのは、マスの姿焼きだ。横を流れる川で釣った小魚の唐揚げ、茸や山菜の酢漬けや摘み菜のサラダは柔らかな味わいで、彼の絵のようだった。

干した魚を塩漬けにして、運ぶ。わずかに生える山菜や茸をオイルに漬けて、届ける。

楽しかった夏を油で残したヴァレリオの絵と村の料理が混ざり、塩っぱい味が口いっぱいに広がった。

以前、私が見た絵本は、石ころが主人公だった。薄く小さな判型の中綴じで、紙芝居を本にしたような装丁だった。今から思うと、ヴァレリオの手作りだったのかもしれない。

登場するのは、何の形にも見えないただの石。蹴飛ばすには小さ過ぎて、でも靴の中に入ると煩わしい。

〈どうでもいい小石が主人公なんて〉

道徳的な意味があるのか、とページを繰ってみたものの、ただ灰色のころんとした小さな石だけが出てくるばかりの不思議な絵本だった。当時、本の内容よりも、小石をじいっと見て物語を描いた画家のほうに興味を持ったのを思い出す。教訓めいたものはなく、地べたに転がる石が愉快そうに描かれているその絵本を手にすると、幼子たちは仲の良い友達に会ったように喜んだので、私は再び驚いたのだった。

どうでもいい石ころを描いた頃、ヴァレリオはまだ三十代だったはずだ。

呑み込んだらすぐに味を忘れてしまうような淡白な川魚を食べながら、前に座った老画家を見る。いっぺんに彼の数十年間の気持ちが押し寄せてくるようで、私は川に目を落とした。川底の無数の石が、透き通った流れ越しに見えた。

あの絵本は、どこにやってしまったのだろう。

陽炎のような個展を観て、絵に送り出されてリグリア州へ向かう。

山間部を抜けると、正面から海が出迎えた。波が無く、西に傾く日差しが海面いっぱいに跳ね返る。鏡面を縁取るように、海に深い緑が沿う。

ジェノヴァが州都のリグリア州は、海に沿って東西に細長く伸びている。東端はフィレンツェを州都とするトスカーナ州と接し、西端はイタリアを締めくくる国境だ。同じ沿岸なのに、東と西では気候も土地柄も異なる。

東側は地理的に近いこともあって、代々ミラノやフィレンツェ、あるいはローマの富裕層の別荘地として知られてきた。山が海に迫るこの一帯には、交通の便が悪いところも多い。簡単には辿り着けない。それがかえって富裕層には都合がよかったのかもしれない。海路でしか行けない地に隠れ家のように別荘を建て、同様の地に建つレストランを接客の拠点として使う。

かつては限られた人たちだけのものだった特権が、近年は金次第で手の届くものになり、一帯に流れていた選民意識もずいぶんと変わった。

一見イタリアは暢気《のんき》で分け隔《へだ》てないように見えて、けっして越えることのできない階級差が歴然とある。

〈ぜひともそうなりたい。でもなれない〉

大衆の一人だった前首相が、唸る資金にものを言わせて政界へ乗り出し、上層の領分に入ろうとあがいていた頃、よくこう嘲弄《ちょうろう》されたものだった。血筋は買えない。東側には金銭で手にした特権を振り回すにわか富裕者たちが増えて、土地の持つ匂いは変わってしまった。格差はイタリアの歴史を作ってきたが、排除して万人が横一列に並んでしまうと、世の中が機能しないことも多々あるのだ。

以前、東側の名港ポルトフィーノで船乗りと知り合った。サルデーニャ島の沖の離島の出身で、義務教育も受けなかった彼はずっと海で生きてきた。読み書きができないので、最も下っ端の船員だ。船が家であり、海と身体だけが頼りの暮らしで、金も家庭にも縁がない。海を知り尽くし、富裕者たちの豪華ヨットを渡り歩いてきた。毎日続く、金持ちたちの退廃的なパーティー。キャビアにシャンパン。

船底にある蚕棚《かいこだな》のような場所で寝起きするその船乗りに、世の中の不公平に腹は立たないのか、と訊くと、

「お金持ちがいるからこそ、何の縁故も学もない私でもこうして生きていける。大変にありがたいと思うばかりです」

淡々と返した。船員がかろうじて読んで書けるのは、自分の名前くらいである。

「字なんか知らなくても、星と潮と風さえ読めれば何とでもなります」

Tシャツに着古したジーンズを切ってショートパンツにしたものを穿き、華飾と見栄の溢れる港で船乗りは飄々と生きていた。

階級の歴史は、上も下もそれぞれが幾重にも重なって交わることがない。綴じ糸をほどき異なる本のページを交ぜて編み変え、物語に奥行きが加わるかというとそうではない。始まりの異なる話は、お終《しま》いもまた別なのだ。


分岐点に出た。海を正面に見て、東西どちらへ行こうか迷う。いくら東洋人の自分が西欧の階級社会では番外とわかっていても、そうした東側の町で、あの船乗りのようにノンシャランと振る舞える自信は私にはなかった。真に富む者とは、きっと彼のような、持つことにこだわらない人のことなのだろう。

それで、西側へ行くことにした。フランスとの国境がある。境に惹かれる。こちらでもない、あちらでもない。境界線近辺の、どちらつかずの区域に惹かれる。日本からイタリアへ来て暮らし、戻らず、しかし外地に溶け込むこともない番外の身で、境界線周辺の曖昧さにほっとする。そこには、流れに乗りそびれてそのまま滞《とどこお》ってしまったような人や風景がある。特急電車や高速道路だと、境界線は一足飛びに通り越してしまう。

国境の町に入ると、海を背後に置いて山側へ入った。東側の斜面に住居がびっしりと建て込んでいる。フジツボのようだ。太陽が回るにつれ、奥の山裾から次第に影が広がり、午後遅くには黒々とした山腹に無数の家が呑み込まれていく。その黒い縁を辿って、北へと向かう道を行く。ひとつ越えては、もうひとつ。次々に現れる山は、打ち寄せる波のようだ。濃い青色の連峰を越えると、その先はもうフランスだ。

イタリアとフランスの境界が入り組むこの一帯に、かつてアーネスト・ヘミングウェイが通った道がある。

以前、『パパ・ヘミングウェイ』という本を読んだ。ヘミングウェイの旅した道をたどる特集記事を作りたい、とグラビア誌から依頼を受けてのことだった。

一九五四年春、ヘミングウェイはイタリアのヴェネツィアを起点にスペインのマドリッドまでの旅をしている。たった八日間だったが、それは彼の人生に境界線を引くような旅でもあった。

その旅に出る直前の一九五四年一月に、ヘミングウェイはアフリカで飛行機事故に遭い九死に一生を得ている。

「俺はツイている」

墜落機から歩いて下りてきて悲嘆に暮れていた世界を歓喜させたというのに、その事故直後、ケニアのベース・キャンプに負傷した彼を輸送中の救助機がなんと離陸に失敗し炎上してしまう。満身創痍。脳震盪で目は霞み、火傷で思うように手は使えず、両足も記憶もままならなくなってしまう。

足を使い目で捉えた現場主義の作家の苦悩は、いかほどのものだったか。

第一次世界大戦のイタリア北部戦線に従軍し、負傷してミラノで入院していた頃からヘミングウェイはイタリアに執心していた。イタリアへの慕情は、彼の創作の根源だった。傷の完治を待たずにまずヴェネツィアへと飛んだのは、事故から生きて還った喜びと謝意を、何よりもイタリアへ伝えたかったからではないだろうか。あるいは、死と対面して、イタリアの縁ある地を再訪し、楽しく生きた証《あかし》を心に留めておきたかったのかもしれない。

この旅に同行した長年来の親友は、『パパ・ヘミングウェイ』に見聞きしたことを詳しく記録している。

二人はイタリア車で旅に出た。ヴェネツィアを出発してからミラノ、アルプスを越えフランスへ入る。南下して、海。ニースから再び山間部へ入り、山々を走り抜けると、大西洋だ。スペインへ入ってから内陸のいくつかの町を経由し、終着点はマドリッドだった。

海と山を交互に繋ぐ道程は、暗喩のようだ。それまでの起伏に満ちた人生を回顧しながら同時に、終焉への心づもりをまとめるような旅であったのかもしれない。

旅の間親友は袖幕に控え、舞台上で作家の吐く台詞にじっと耳を傾けている。舞台から下りて黙るヘミングウェイに、付かず離れず添う。創作の喜びと絶筆への哀しい予感との境界を彷徨《さまよ》う作家の深い思いが、この旅の記録には溢れている。

そしてまさしくこの年の十月に、『老人と海』などで評価され、ノーベル文学賞を受賞する。まるで天からの褒美のように。

二人がランチァ・アウレリアで走り抜けた国境の連峰を見やる。あの山の木々はたしかに、作家の歓声と溜め息を聞いたのだ。

ヘミングウェイは、その後もう物語を紡ぐことはなかった。

川底に見た、無数の小石を思う。


フランスとの国境を引く山々には、その頂を覆うように住居が建っている。〈鷲《わし》の巣〉と呼ばれる形態の集落だ。かつて海から攻め入ってくる異教徒たちを恐れ、より内陸へより高いところへと移り住み、村落そのものが砦《とりで》になっている。急な坂道が、何本も交錯しながら頂へと続いている。家どうし玄関が密接し、住人が寄り添って暮らした様子が窺い知れる。路幅が狭いのは、攻め入ってくる敵の頭上から煮えたぎる油や湯を浴びせ、行く手を阻《はば》むためだった。一年じゅう日の差し込まない隅もある。じめついた陰に、村が見てきた負の歴史が澱《おり》となり沈んでいる。

学校も店もなく、医者もいない。時代が移って人が去り、村は漂落した。現在では辛うじて春から夏にかけて、海へ遊びに来る人々が見物にやってくるくらいだ。西にフランス、東にイタリア。双方の地の魅力に溢れているようで、どちらの恩恵にも与《あずか》らない。住人たちは、もう何にも期待しないような老人ばかりである。

遠景には美しいけれど、近寄ると侘しい。一帯の山々は、半分生きて半分死んでいるような村をいくつも抱えている。

「行けばわかる」

ヴァレリオが薦めたその村も、どちらの世界からも忘れられたような佇まいだった。屋根が朽ち落ち壁だけが残った廃屋が並ぶ。もう長いこと、放置されたままなのだろう。瓦礫《がれき》の間から、雑草が伸びている。

山頂に近いあばら屋の破れた窓から中を覗くと、動く人影があってぎょっとした。

「どうぞ、入ってご覧下さい。無料ですから」

外に出た五十がらみの男性が、強いドイツ訛りのイタリア語で招いた。

電灯もない屋内に目が慣れると、そこは作業場だった。バーナーがあり、何本もの金槌やノミが壁際の机に並んでいる。崩れかけに見えた家屋の中は、思いのほか整然としている。

彼はトンマーゾといい、金物細工をしている、と自己紹介した。

「鉄の門のような大きなものからピアスまで、金物でできるものなら何でも作ります」

ドイツでは、親の店で修業した。時計修理専門の職人として家業を継げば、安泰な毎日が待っていた。しかしある夏にこの近くの海で過ごした休暇をきっかけに、トンマーゾは自分の暮らしに疑問を抱くようになった。

「なんせ、ドイツの時計屋ですからね。ずっと同じ。変わってはならない。正確が命、というのが代々の家訓でした」

海なのか山なのか。イタリアなのかフランスなのか。そして、死んでいるのか生きているのか。

どちらでもないけれど、どちらでもいい。

この一帯でのひと夏は、狂いがあってはならない毎日を送ってきたドイツ人の確信を揺るがせてしまった。

古材を利用した作業台は、重ね塗られたニスで柔らかな色をしている。トンマーゾは、台上から摘み上げたものを肉厚の手に載せて差し出した。ペンダントトップらしい。顔を近づけてようやくわかるほどの、繊細な紋様が見える。線に見えたのは、ごく細かな点々だった。

過疎村に工房を持ち、たまにしかない訪問者を相手に商売は成り立つのだろうか。

「こういう細かいものは、売るためではないのです」

眼窩《がんか》にルーペを嵌め込み、トンマーゾはペンダントトップを満足げに見ている。時計店で習得した技術を忘れないための、自主練習らしかった。

ドイツでの安泰を捨ててイタリアでの冒険を選んだ人である。あっけらかんとしている。他に工房を訪れる人はない。こちらにも予定はない。がらんとした午後に、大瓶から赤ワインを振る舞われながら話を聞く。

「百年以上前に大地震があり、起源を古代ローマ時代に遡《さかのぼ》る村は全壊しました」

再築は不可能と判断され、生き延びた住人たちは立ち退きを命じられて海寄りの平地に新しく村を作り移り住んだ。かつて海からの敵の手を逃れて山へ登り、今度は山を襲った地震で住まいを失って海へ戻ったのだった。

誰もいなくなった村は立ち入り禁止のまま放り置かれていたが、第二次世界大戦後くらいから、廃屋に住み着く人たちが出始める。一人が二人、そして次々と。口伝えに広まって、国外からも人がやってくるようになった。

新しい住人たちは、芸術を目指す人々だった。争いに辟易《へきえき》し、主義や思想から解き放たれ、集団行動を嫌い個を尊ぶ。そういう自由人たちが集まった。やがて廃村は、〈芸術家の村〉と呼ばれるようになった。

「水も電気も引かない、というのが管轄の自治体との約束でした。創作活動をするのはいいが作品を売ってはならない、というのも決まりだった」

生活を維持するのは大変、とトンマーゾは初めて真顔になって呟いた。訊くと、住まいは隣村に構えているのだという。この村にやってくるのは、純な創意と接点を保っておきたいからなのだろうか。

「客引きのためですよ」

彼は自嘲気味に言った。

故郷と親の期待と家業を捨てて移住してきたときは、若さと夢ではち切れんばかりだった。しかし、作っても売らない、というのは道楽であり仕事ではない。多少あった蓄えはすぐに底を突き、山を下りて時計の修理を始めるか、いっそドイツへ帰ろうかと迷っていたある日、工房を訪れる人があった。

「それまでにも何度か立ち寄ったことがある人でした。一人でふらりと来ては、他の工房もひと通り見て帰っていく」

海水浴客がいなくなってからしばらくした頃だった。

「何でも作ってくれるのですよね？」

その男は念を押すように尋ねた。

もちろん。

喜ぶトンマーゾに男が鞄から見本を取り出し発注したのは、古典文学全集だった。

そして畳みかけるように、

「金《きん》でお願いします」

と、付け加えたのである。

細かな技など不要の依頼だった。本の形をした金塊を作れ、というのだ。表紙カバーを巻き、天地と小口には薄紙を貼ってページに見せ、箱に入れる。第一巻がうまくいったら第二巻も。そして次も。

「少し間を空けて刊行することになるでしょう。高尚な文学は、創作に手間暇かかるものです」

男が村に来たのは、それが最後だった。それからは指定された場所へトンマーゾが出版用の原材料を受け取りに行き、仕上げ、納品に出かけていくのが約束なのだ。仕入れも支払いも正々堂々、版元との間にやましいところはない。

「何巻で完結するのか、知りません」

全集をそろえるとなると、よほど頑丈な本棚も必要だろう。あるいは、分け置く別宅もあるのかもしれない。

ドイツにはもう帰らない。トンマーゾは芸術を追うために、廃村の工房に籠りピアスやブローチ作りを観光客に見せ続けては、夜を待って自宅で全集の装丁に取りかかる。

ページを繰れない本なんて、と皮肉る私に、

「文化は重いのですよ」

彼は肩をすくめた。

境界沿いには、幻のような話が漂っている。

10　四十年前の写真集

イタリアで数多くの引っ越しをしてきた。最小限の荷物で移動するが、どこにでも持っていく本がある。ときどき開く。笑って、少しホロリとする。ナポリの下町を撮った写真集だ。大学時代に過ごした一年がページの間から飛び出してくる。

ナポリに着いてみると、そこいらじゅうに赤白のビニールテープが張り巡らされている。どこもかしこもが立ち入り禁止。茫然とする。

二十二歳。日本から単身、初めてのイタリアだった。

大学でイタリア語を専攻するも充実した伊和辞典は存在せず、文学やイタリア事情を原語で学ぶ毎日は、手探りで深い森に分け入る探検のようだった。

イタリアという国について、ほとんど知識がなかった。年に一度あるかないかの百貨店でのイタリア物産展が唯一、本場との接点だった。連日、特設催事場に通っては、商品棚に並ぶ食材や工芸品を食い入るように見て回った。売り場には店員に交じって、イタリアから来たメーカーの関係者や職人たちもいた。彼らは周囲から浮き立ち、切り取ったイタリアが額装されているように見えた。大勢の買い物客でごった返す中、私は初めて目の当たりにするイタリアの人たちの一挙一動を見つめ、ときどき漏れ聞こえる彼らの会話に耳をそばだてた。おそらく〈チャオ〉だの〈混んでるな〉〈お腹空いた?〉といった類のごく他愛ないやりとりだったのだろうが、どれも映画の名場面の洒落た台詞のように聞こえて胸が高なった。

暗中模索、懸命にイタリアについて学んでも、自分にどういう将来があるのかよくわからない。異国についてどころか、自国についてさえ知識がなかった。そもそも世の中全般について、わかっていないのだった。

母校では、三年生の夏休みになると専攻している国を訪れ、現地で夏期講習を受けたり、ひと月かけてその国を回ったりする学生が多かった。質素で堅実な校風で、皆、数年がかりのアルバイトで貯めた資金で行った。

当時ヨーロッパへの直行便はまだなく、飛行時間の短い北回りでもアラスカを経由した。北回りは飛行時間が短いぶん運賃が高かったので、大半の学生は安い南回りを選んだ。東南アジアを経由し中近東を第二の中継地点として、ヨーロッパまで飛ぶ。安ければ安いほど、時間がかかった。乗っても乗っても、着かなかった。

期せずして卒論の準備のためにナポリへ留学する幸運に恵まれて、迷わず南回りで行くことに決めた。卒論のテーマに南部イタリア問題を選び、せめて上空からでも地球の南側を回って現地に入りたかったこともある。

それまでは地図の上だけでしか知ることのなかった中継地点に着陸し、夜でも朝でもない数時間を暗い空港の椅子に座って離陸を待った。素っ気ないロビーには、特産物なのか、埃まみれの土産物がショーケースに入れてある。異国にいるのが知れるのはそれくらいで、窓から見える景色は闇に沈む滑走路だけだった。そこに着くまでの長い機中で持っていた本は読み尽くしてしまっていたし、疲れ切っていてもう一文字たりとも目に入ってこない。

あとにした日本とこれからのイタリアとの間にある、こちらでもあちらでもない場所。ロビーの冷たい椅子に座って、飛行機を降りるときに渡された〈トランジット〉

と大きく書かれたカードを見る。これまで何人がこのカードを手に、宙ぶらりんの時間を過ごしたのだろう。使い古されたビニールケースに入って、手垢でくたりとしている。直に触れたくないけれど、失くすと出発地点にも戻れず目的地にも行けない。どちらつかずの場所で過ごすための、唯一の保証書のようなものなのだ。

時間は進まない。仮眠もできない。

〈熟睡して持ち物を盗られるかもしれないし、眠っている間に飛行機が発ってしまうかもしれない……〉

次々と不安が押し寄せる。

日本を発ってから旅を続けること三十時間余り、ようやくローマに到着した。感激と疲れで目が眩《くら》み、バスの中から見たコロッセオは霞んでいた。

気の遠くなるようなイタリアへの旅は、学生から社会人へと移行する時期の、夢を見ながらも不安いっぱいで、自分の立っている場所すらよくわかっていない当時の身上そのものだった。

ナポリは私が訪れた前年の一九八〇年十一月に、歴史に残る大地震に見舞われていた。その惨状たるや、古代ローマ時代にヴェスヴィオ火山の噴火で埋まったポンペイに例えられるほどだった。広域にわたって建造物が倒壊し、道路や鉄道は寸断され、山が、丘が崩れ、いくつもの市町村が消失した。八千人余りの負傷者に、三千人に及ぶ死者。家を失った人たちは二十八万人にも及んだ。

震災から半年ほど経って訪れたのだが、ナポリは未だがっくりと膝を突いたまま立ち上がれない状況にあった。

湾岸周辺の平地を除くと、町は丘陵を連ねて広がっている。斜面にびっしりと張り付くように、建物が層を成している。道は町を縫うように、海際から頂へ向かって緩やかなU字カーブを繰り返す。主要な通りから分岐して毛細血管のように小道が延び、くねり、建物の裏を、中を抜けていく。

古からの荘厳な建物の壁面に大きな亀裂が走り、近代に建てられた住宅の中には、全階の床が丸ごと抜け落ちて原形すらとどめていないものもあった。あちこちに残る瓦礫からは砂塵が舞い、人々は足と視界を奪われ放心状態にあった。

主要道路が寸断されてバスがあてにならないので、裏道を歩いてようやく大学まで着いてみると、学生課には赤白の立ち入り禁止のテープとともに〈閉鎖〉と大書した貼り紙がしてあった。雨に打たれ、日に灼けて、字が色褪せている。

「大学？　当分、開かないだろうねえ」

構内を行く人に尋ねると、肩をすくめて当然のことのように答えた。


イタリア半島の南部、特に内陸部は、北部に比べると交通事情がもともと悪かった。鉄道も高速道路も一応、半島の南端や島嶼《とうしょ》部まで通ってはいたものの機能せず、〈通した〉というつじつま合わせのような実情だった。

ローマ以南には、広大な農地を裾に従え背骨のような岩山と深い渓谷が連なっている。海沿いの主要幹線から内陸へ向かう在来線になると駅もまばらで、本数は少ない。単線区間もある。車両は一、二両編成。走行区間は短く、数駅ほどでぶっつりと途切れてしまう。〈日曜運休〉は当たり前。それでも鉄道や高速道路が通っていればまだましで、取り残されてしまった一帯も多かった。

麦やオリーブ、葡萄の畑が広がる一帯は、長らくイタリアの胃袋を満たしてきた。母なる大地、とイタリアの人々が口にするとき、たいていが南部に広がる麦畑を思い浮かべるだろう。豊潤な大地は、有り余る太陽の光と湧き出る水、そして海の所産である。半島の南から、国家が生まれ現在に至るまでのイタリアの歴史をじっと見てきた。

南部あっての北部だったはずなのに、戦後、イタリアは北部だけを連れて早足で先へと進んでしまった。気が付くと、南部は旧態依然とした風習とともに取り残され、太陽と海、空回りする自尊心と深い失望だけが残った。

そこへ大地震が起き、南部イタリアの時間は止まってしまった。

大学が開かないことには、指導教官の研究室にも行けない。教官に会えなければ、どこから調査に入り、何を読んで、誰に話を聞けばよいのか見当が付かない。

物事がよく見えていなかった私は、倒壊したまま放り置かれた町にこそ南部が抱える問題の根源があることに気が付いていなかった。被災地の困難を思いやることもなく、自分のこれからばかりを気にして焦り、困惑していたのだった。

「よりにもよって、こんな混乱の極みに来なくても……」

近隣の人々は、初めて見る日本人に親切だった。自分たちの窮状を差し置いて、私の不運に同情した。そして私がナポリに来た理由を知るや、

「なぜ私たちがこういう目に遭わなければならないのか、わかったらぜひ教えて欲しい」

異口同音に真顔で言うのだった。


冬が来て立ち入り禁止のテープがちぎれて風に靡くようになっても、開講の兆しはなかった。学舎より先に修復しなければならないライフラインが手付かずのままあちこちに残っていた。家にいてもしかたがないので、大学へは毎日通った。通学の途中、路地で会う小学生や道沿いの商店主たちと顔馴染みになった。毎朝の挨拶。「おやつ分けてあげる」。ミルク味のビスケット。油紙に包まれたピッツァ。青い紙袋に入った砂糖。大音量のレコードに合わせて、嗄《しゃが》れた声でナポリ民謡を歌い上げる男。通りかかる若い女学生がハミングで返している。肉付きの良い中年女が、臆面なく寝間着のままバルコニーに立ってかごを下ろし、路地に立つ露天商から煙草をカートン買いする。騒々しく荷車を引いてきた若い男は、道端で立ち止まり荷台に掛けた幌《ほろ》を取って、金ダライに入れたアサリの量り売りを始める……。

日本の大学ではもちろん、現地の新聞でも見聞きしたことのないイタリアが、裏道には満ちていた。それまで表を知ることばかりに必死で、裏を返してみたことなどなかった。

毎日、イタリアの欠片をひとつずつ拾い集めるような気持ちで坂道を下りてはまた上った。方言は町の奥へ入るほど強くなり、次第にイタリア語から離れて聞き知れない異国語へと変わっていく。何度も訊き返しては口の中で繰り返し、帰宅したらすぐに覚えた音を辞書で調べた。ナポリの中心部で耳にした言葉の向こうから、スペインやフランス、ときにはギリシャやトルコが浮かび上がってくるのだった。斜面に層を成す異なる時代の建物と同様に、ナポリ方言は何層にも積み重なり、町を通り過ぎていったさまざまな時が聞こえてきた。

日本の大学で三年かけて抜け出たつもりだった樹海は、ほんの入り口の繁みに過ぎなかったのだ、と思い知った。

冬が来てクリスマスになると、麻痺していた町はとうとう完全に停止してしまった。瓦礫とひび割れと立ち入り禁止をあちこちに抱えながらも、町は例年どおり祭事に沸き、祈りと満ち足りた空気に包まれた。

開講を待ちながら、いつの間にか待っていることを忘れてしまっていた。倒壊しそうで崩れないナポリの景観に自分も加わりながら、カオスに紛れてしまうまい、と懸命に毎日を過ごした。大学での友人も増え界隈の知り合いも広がって、そこから得た伝手《つて》で経済史の研究者にも会うことができた。指導を受ける予定だった教授は南部問題を北部で講じるのに多忙で、ナポリにはほとんどいなかったからである。

日本の教授たちにナポリの現状を説明するのは難しかった。何ごとも正確、かつ迅速に進む日本。まず規則と予定ありきの母国。一方ナポリはことごとくが予測外の展開で、予定は未定、遅滞どころか停止は当たり前、緻密な計画より瞬発力のほうがよほど重要なのだった。

毎月、論文の進行状況を日本に報告するのが決まりだった。引き換えに奨学金が送られてくるのだ。月末になると白紙の報告書を前に、溜め息が出た。

〈ただいま現場を調査中〉

繰り返し書いては、文献のタイトルを加えたり減らしたりして提出した。それはそのまま、行きつ戻りつ、いっこうに進まない論文の現況そのままだった。

紹介された経済史研究者や書店から薦められた参考文献は、私にはどれも難解だった。北部と南部の格差が問題視され学術的に論議されるようになってから、まだ日は浅かった。現地ですら研究者の数は限られていて、各人各様が手探りで仮説を立てながら検証を進めているような印象だった。

イタリア半島は南北に延び、地形も気候も多様だ。異なる風土ごとに、多様な慣習や気質があるのは当然のことだろう。長らく半島を多数の都市国家が分け棲み、他と己を比べるということはなかった。格差が云々され始めるのは、半島がイタリアという国に統一され、二つの大戦を経たのち、新しいイタリアへ向けて復興政策が取られるようになってからのことである。

「北部は自分たちの都合で南部を搾取するな」

そう南部が糾弾すると、

「南部は被害者ぶるばかりで働こうとせず、北部が稼いでいるおかげでのうのうと暮らしている」

北部は猛然と非難し返した。

統一されてからのイタリアは領土内に、よい意味で〈ドイツ〉と〈ギリシャ〉を持ち合わせているようなものだった。その好運と贅沢さは計り知れないのに、戦後の復興政策では、その他の西洋諸国に近い北部にばかり現代的な産業を集中させ、瞬く間に自由主義経済へまっしぐらに進んでいったのだった。

「クリスマス用に、ベルリンから貴腐ワインが届くの」

「イヴから一週間ほど、ニューヨークから客が来るんだよ」

冬の休暇を控えて、ナポリの友人たちは華やかな予定に沸いている。

年中行事の中でも最も伝統的な祝いごとであるクリスマスに、異国の味覚や来客だなんて……。

意外に思っている私を、「ぜひうちに」と、皆がそれぞれ招待してくれた。

イヴの昼過ぎに下町にある大学でロベルタと待ち合わせて、クリスマスの準備で賑わう商店街を見物がてら通り抜け、高台にある彼女の家に向かうためケーブルカーで一気に頂上まで上った。

私は町の真ん中からケーブルカーに乗るのが珍しく、乗客たちは日本人を間近に見るのが珍しい。互いに熱心に見合うようなことになり、そのうちとうとう近くにいた

老いた男と目が合うと、

「イァンモー、イァンモー……」

私のほうをちらりと窺いながら、彼はそっと口ずさんでみせた。

ああ、『フニクリ、フニクラ』だ……。

聞き知ったメロディーがうれしくて思わず私も歌詞の続きを呟き返すと、待っていたかのように周囲にいた見ず知らずの人たちがいっせいに、イァンモー、イァンモー、フニクリ、フニクラ、と続けた。車内に響く即興の合唱を聞きながら、論文は少しも進まずわけのわからない毎日だけれど南部をテーマに選んでよかった、としみじみした気持ちに包まれた。

胸いっぱいになってケーブルカーを降りると、足早に先に出口へ向かっていったロベルタが、コーン状に丸めた新聞紙を両手にホクホク顔で待っている。包みを受け取ると、落としそうになるほど熱々だ。オリーブの実に挽き肉を詰めパン粉をまぶして揚げたもの、串刺しにした揚げモッツァレッラチーズ、下のほうにはコロッケも見える。新聞紙は油をたっぷり吸って、インクが滲《にじ》んでいる。

「食べながら行こ」

ロベルタと並んで、指先を油で光らせ歩き喰いする。見ていると、ケーブルカーから降りてきた人たちのほとんどが出口の露店に立ち寄っては、新聞紙のコーンを手にしている。いつものとおりのナポリ晴れだが、夕刻近くに高台に吹く風はさすがに冷たい。新聞紙を持つ手がじんわりと温まり、クリスマスおめでとう《ブォン・ナターレ》。

ひと口かじると、熱々の汁がほとばしり出る。溶けたモッツァレッラとジャガイモを、ハフハフ言いながら食べる。絶妙な塩気と甘いトマトにオリーブの実の酸味が引き立ち、優しい湯気に鼻の奥がツンとする。

頭上には、色とりどりの電飾が連なり点滅している。道は身動きが取れないほどの混雑だ。歩道なのか車道なのか、境がわからない。全方位からクラクションがけたたましく鳴っている。それでも、脇へ避けて道を空けようとする人はいない。いくつもの買い物袋を両手に分け持ち、思い思いの速度で歩いている。黒山の頭の向こうに、ナポリ湾をふち取る灯がオレンジ色に煌めいている。

「おめでとう！」

「あら、久しぶり。よいクリスマスを！」

「元気？」

「明日の昼食はどこに集まるの？」

四方八方から挨拶が飛ぶ。大通りの向こう側から声をかける人がいれば、渋滞で立ち往生している車の中から呼び止める人もいる。どの声も朗らかで、混乱を咎《とが》めたり疎《うと》ましがる調子はない。クラクションとかけ声が混ざり合い、喧噪はひとつになって空へと上っていく。騒音に包まれて揚げ物を摘み、口じゅうに広がる肉汁やチーズを味わいながら、盛大な祝祭に自分も加われるうれしさで胸がいっぱいになる。頭の中ではまだ、さあ行こう《イアンモー》、行きましょう《イアンモー》が響いている。


玄関を入るとすぐ厨房だった。天井は高く、壁一面がガラスの引き戸となっていてベランダへ繋がっている。

「よくいらっしゃいました。今、手が離せないので、そこにおかけになって」

ロベルタの母親は美しい白髪の巻き毛を綿ナフキンで覆って、野菜を洗っている最中だった。大急ぎで手を拭き、私を両手で抱き寄せるようにして歓待してから調理台のそばのスツールに座らせ、

「コーヒー、それともワイン？」

と尋ねた。厨房には、他に二人の熟年女性がいる。それぞれ肉やら粉と格闘中で、

「ごめんなさいね」

濡れた両手を上げて見せ、いらっしゃい、と挨拶し、口先をすぼめて空《から》キスを送る。ロベルタの父方の叔母たち、と紹介を受けた。

洗い場の蛇口はジャージャーと全開で、母親は次々と山のような量の野菜を洗い続けている。たった今、畑から抜いてきたかのように、葉野菜も根野菜も土まみれだ。

トントン。コンコン。バンバン。叔母二人は肉の筋を切り、叩き延ばし、野菜や香草を詰めて巻き、両端を糸で縛り留めている。刃幅の広い包丁で、バンと骨を断ち切る。骨の欠片を抜く。脇の大鍋に放り込む。

白煙が立ち上ったのは、大理石の調理台の上に威勢良く打ち粉を撒いているからだ。真ん中に生地の塊がどんと置かれる。醗酵した甘い匂いが漂う。叔母は慣れた手つきで、生地を小さい塊にちぎり分けていく。分けては、粉。はたいては、片手で転がす。バーン。肉。ジュッ。野菜。

包丁と食材と匂いと音の合間に、女三人は大笑いしたかと思うと、両手を腰に当てて「ふうーん！」と呆れたように相槌を返している。ロベルタの母と叔母たちは意気

投合して楽しんでいるようだったが、よく見ると、クリスマスという宴席のメイン料理を小姑《こじゅうと》である叔母たちが担当して、この家の女主人である母親は洗いものと雑用に回っているのである。

　ロベルタの母親と目が合うと、

「叔母さんたちはそろって未婚のお嬢さん《シニョリーナ》ですからね、毎年クリスマスはうちの家族に加わってもらうことに決まっているのよ」

　一瞬、厨房の喧噪が静まったように思ったのは気のせいか。

「クリスマスの仕度をうちにも見に来ないか」

　同じ高台に住むフィリッポから電話があった。ロベルタとは幼馴染みで、大学も同じ。二人とも何代遡ってもナポリ、という地元っ子である。

　喜んでロベルタと連れ立って訪ねていくと、

「きゃあー」

　奥から女性の悲鳴が聞こえた。フィリッポは私たちをそこへ残し、声のほうへ走っていった。

それにしても、なんと堂々と立派な家なのだろう。天蓋にアーチ付きの廊下である。天井画は、著名な画家によるものなのだろうか。床にはトルコ絨毯が敷き詰められている。薄暗い廊下には凝った装飾の施された照明が備わり、ろうそくに似た橙色の光を放っている。沈んだ香りは埃の匂いなのか、隙間なく掛けてある絵画からの香りなのか。

「だめよ！　ここでは殺さないで！」

甲高い声が響き、ドシンバタンと物が激しくぶつかる音が続く。

驚いてその場に立ち尽くしていると、しばらくしてやっと奥からフィリッポが戻ってきた。両手でしっかり何かを握りしめている。

「こいつが逃げ出して」

ナポリ風バロック装飾に囲まれた廊下で、鼻先に突き出されたのは、ニョロリ。生きたウナギだった。

クリスマスには肉を、イヴには魚を。ナポリでは、ウナギを一本丸ごと酢漬けにして食べる。伝統の一品だ。毎年フィリッポの家では、親族の分もまとめて作る。いつも魚河岸から生きたまま仕入れるのだが、今年はイヴ当日に届いたらしい。台所は、野菜やパスタや明日の肉に占領されている。
「数が多いもんで大鍋に入り切らず、まとめてバスタブに放しておいたら逃げ出してしまって」
排水口に逃げられては大変、と浴室で母親がニョロリ、ヌルリと捕えようとしている最中だったのである。

喧騒は夕食の時間が近づくにつれ次第に静まり、ぎりぎりまで大にぎわいだった商店のシャッターが下りると、ナポリに聖夜がやってきた。無数の理不尽と諦めも、今晩ばかりはどこかへ潜んでいるのだろう。人通りは絶え、並ぶ建物は平穏と幸せを包み込んで、丸みを帯びて見える。

あのクリスマスにロベルタが贈ってくれたのが、ナポリの人々と街角の日常の光景を集めた写真集だった。ページの数だけ町と人々の事情があり、年表には記されない歴史が詰まっている。若かった私が調べようとしていた南部イタリア問題を、短編集にしてみせたような写真集だった。

あれから四十年。久しぶりに、写真集を当てずっぽうに開いてみる。ページの中で、古着を重ね着したペッピーノが話し込んでいる。貧しく、路上で暮らす孤高の老人だ。冬には駐車されている車に入り込んで、寒い一夜を過ごすこともある。

〈持ち主に見つかると叱られるかって？　怒るのは、まだ世間がわかってない証拠。私が車中にいれば、盗まれないだろ。これより確かな防犯システムはないと思うよ〉

ページの間からこぼれ落ちるナポリの哀しい笑い声を、そっと手に受ける。

11 テゼオの船

二〇一六年二月二十日朝。氷雨《ひさめ》が降っている。鎧戸を開けても暗く、窓から見える空は鈍色《にびいろ》だ。このまま一日、降り続けるのだろう。

ヴェネツィア本島南側の対岸にある、離島にいる。

玄関を出たとたん、運河から細い路地へ吹き抜ける突風に煽《あお》られた。傘を広げる間もなく、たちまち細かな雨が襟元に吹き込む。冬の底。

向かい風に毛糸の帽子を目深に引き下ろし、前屈みになって路地を歩く。ようやく岸壁へ出ると、それまでの強風が嘘のように静まった。遠くサンマルコの鐘楼《しょうろう》が雨に煙《けぶ》っている。水面と空との境も、建物の輪郭も曖昧で、景色はひと繋がりになっている。

いつもならぶらぶらと島の縁を歩きながら外海に面する岸壁へ出て、それから小さな広場に面したバールに行くのだけれど、今朝はひときわ寂しいので、運河を渡り本島まで行くことにした。

水上バスの停留所は浮島のように造られていて、運河の水嵩や流れに任せてゆっくりと揺れている。通勤通学の時間帯は運河も忙しい。連絡船や回遊船、フェリー、外国籍の豪華客船、郵便船に清掃船が、間断《かんだん》なく行き交っている。船が通るごとに、大波小波が岸壁へと打ち寄せる。

本島へ着くとそのまま、アカデミア橋を渡り中心へと向かう。底冷えの厳しいこの時期は頻繁に冠水に見舞われるため、観光客は少ない。通行人のほとんどは、大陸側と本島を行き来する地元の人たちだ。数世紀の人々の往来で角が丸く磨り減った敷石の間から、今朝もじわりと水が浸み出し始めている。足下ばかりか、気持ちの芯まで凍《こご》える。

リアルト橋の少し手前には地元の人たちを相手にしたバールが数軒あり、通勤客を相手に早朝から店を開けている。そろそろ店内もほどよく温まり、人の出入りも一段落した頃だろう。

まだシャッターを閉めたままの商店が並ぶ路地を抜けて小さな橋を渡ろうとしたと

き、ふと視線を感じて振り返った。

すぐ近くにウンベルト・エーコさんの顔があった。

実物大に引き伸ばされた彼の顔写真が、橋の袂《たもと》の角地に建つ古書店のガラス戸に貼ってある。新刊が出たのかもしれない。

広場に着いてバールの戸を開けると、

「献杯の代わりに」

とたん、顔馴染みの店主がカウンター越しに低く言い、エスプレッソ・コーヒーを置いた。

…………?

「昨晩、亡くなったんですよ、ウンベルト・エーコさん」

まるで身内を失ったように告げた。カウンターの隣にいた見知らぬ人も、黙って店主に相槌を打っている。

「私は熱心な読者ではありませんけれどね、同じイタリア人なのが誇りだったなあ」

「ああいう人は、永遠に生きていると思っていたのに……」

あちこちで次々と沈んだ声が上がった。船員がいて、銀行員がいる。商店主に清掃人、それぞれの弔辞だった。岸壁に打ち寄せる、冬のさざ波のようだった。

ミラノに暮らし始めた頃、近くに女性の文芸評論家が住んでいた。彼女は、欧州はもちろん中国からロシアに至るまで、広い領域について見識があった。数か国語を操ったので翻訳ではなく原書で読み、古代ギリシャから現代を自在に往来して論じた。新聞社の仕事で知り合って以来、ごく近所だったこともあり食事に行き交いするようになった。夕方が近づくと互いに電話をかけ合い、顔を出しに立ち寄る。同じ敷地内の隣接する棟に住み、気楽に行けたからである。

最上階にある彼女の家からは、眼下に郊外へ向かって延びる道が見えた。道の両側には、古びた公営住宅が黒々と棟を連ねていた。再開発がきまり住民たちは立ち退き、周囲はコンクリート塀で囲まれ進入禁止となっていて、がらんどうの建物を覆うほどに雑木や雑草が生い茂っている。高い塀で道からは中の様子が見られないのを、彼女の家からだと荒《すさ》んだ全景が見渡せた。

中国通の彼女は餃子や酢豚を作っては、窓に向かって座るよう食卓を用意した。

「さながらイタリア版九龍城《クーロンじょう》だな」

夕刻になると友人たちが三々五々集ってきて窓の前に座り、不思議な眺めを酒のアテに喋り、楽しんだ。

来訪者たちの顔ぶれは実に多様だった。書評家の彼女が傑出したインテリなのかと思っていたら、やってくる人たちも同様に教養や創造性に満ちた人ばかりだった。国際政治の評論家もいれば、新聞の論説委員もいた。画家や音楽家、俳優がいて、神経内科のセラピストや劇作家、翻訳家に建築家も、といった多彩な顔ぶれで、分野や年齢、国籍は違っても、無用な気遣いもなくのびのびとしていた。

毎夕、何人が食卓に着くのかわからない。食前に来てナッツなどを摘むだけで帰っていく人もいれば、どの皿も空になった頃に訪れる人もいた。自由に人が集まり、各人が思うままに話し、相手の言うことを聞き、問い、答え、次の話題が生まれた。居間は広場《アゴラ》だった。

その日は日暮れ前には、すでに常連の中年男性三人が食卓に着いていた。三人とも、五十歳前後というところか。渋い色のウールの替え上着で、椅子の背にゆったりと上半身を預けている。葉巻。ワイン。携えてきた本。ボールペンにメモ紙。熱心に一人が話すのに他の人がところどころ口を挟み、一人がひと息吐くと、待ってましたとばかりに次の人が続ける。三人が頭を寄せ合って真剣な様子だ。

〈難しい時事放談だろうか〉

私は恐る恐る末座に腰かけて、三人の話に耳を傾けてみた。するとそれは、間もなく訪れるクリスマスと年末年始をどこで過ごそうか、料理は何がいいだろうか、という相談なのだった。

一人は、明晰な分析で社会問題をあぶり出していく著作で知られる、政治評論家。もう一人は、ミラノ工科大学建築学部の教授。三人目の社会部のデスク記者が、

「ところでウンベルトのあの原稿は、本になるのだろうか」

ふと言うと、他の二人は、さあ、と思案げに首を捻《ひね》っている。

「『本にまとまらないと、これからの生活を考えなければ』なんて、ふざけていたけれどねえ」

ワインボトルを食卓に置きながら、書評家が言い添えた。

〈ウンベルト？　誰でしょう、その方〉と、目で問う私に、

「エーコ教授。ボローニャ大学で記号論を教えてるんだけどね」

隣家のおじさんでも紹介するように社会部デスクは説明し、食卓の関心事はまた冬の休暇の相談へと戻っていった。

ほどなくして『薔薇の名前』が刊行され、たちまち大評判となった。〈本になるかどうか心配されていた原稿〉を抱えていた居間仲間のウンベルトが、『薔薇の名前』の著者エーコと同一人物であることに私が気付いたのは、ずいぶん経ってからのことだった。

「もう、ここにもなかなか来られなくなったわねえ、ウンベルトは」

無国籍の借景を前に放談を楽しんでいた常連の一人がエーコ教授だった、と書評家から聞いて初めて、穏やかで優雅にしかし皮肉っぽく、〈R〉を鼻にかけフランス語風に発音しながら、ありとあらゆる話題を隔たりなく面白そうに話していた様子を思い出す。エーコ教授をはじめ食卓に集った人たちは、自分の得意分野の話をするでもなく、相手にもその専門の知識を乞うこともしなかった。いつも身近なあれこれを報告し合い、一貫性も結論もなかった。意見を意見で封じ込めるのではなく、話が話を引き出した。それはソファの上で、仕事机の前で、電車に乗って、ベッドに入って、湯船に浸かり、喫茶店で、と方々で手に触れる本を広げる、自由気ままな読書によく似ていた。

場が打ち解けてもよじれることがなかったのは、今から思うと、境界にこだわらない学究心を持つエーコ教授がいたからではなかったか。


毎月第二日曜日には、ミラノの大聖堂《ドゥオーモ》の近くに古書市が立つ。日が出て、暮れるまで。文学全集や稀覯本にはじまり、雑誌や絵本、私家版の詩集、作家のサイン入り、美術展の図録、レシピ集、外国の古書も並ぶ。ひと昔前の無名の人たちの間で交わされた葉書を箱にどっさり入れて売る店もあれば、映画のパンフレットを扱う業者もいる。すっかり日灼けした数ページだけの中綴じの雑誌が積まれた前には、紙の山に顔を埋めるようにして熱心に見入る人がいる。表紙には『大冒険』というタイトルが躍り、大波に傾く帆船の絵が描かれている。かつて人気のあった旅行専門雑誌らしい。

店主一人、という露店がほとんどだ。早朝から各店は指定の位置に折り畳み式のテーブルを開き、自慢の仕入れ本を披露している。

耳に入るのは、路面電車の合間にページを繰る音と店主と客とのやりとりだけだ。日曜の朝の音はまとまってポルティコの天井に跳ね返り、あたりに低く響いている。

本を両側に見ながら歩く。雑誌のバックナンバーが詰まった箱から、埃の混じった甘い匂いが立ち上がる。脂の染みた革表紙やページが切られていないままの本は、数百年前から著者の気持ちを抱えているようだ。ここは言葉の海原だ。

各店で立ち読みしていた人たちが、〈おっ〉という表情でポルティコの奥のほうを見て、店主や隣り合った客同士で目配せをしている。皆の視線の先に、エーコ教授がいた。

相当の馴染みなのだろう。店主たちと挨拶を交わしながら、こちらあちらと本の海を泳ぐように進み、ときおり手に取っては丹念に見ている。自宅の書棚の間を歩くようにくつろいだ様子だ。周囲にいる人たちは黙って、その手の伸びる先を凝視している。台の上の本がいっせいに〈連れていって！　読んで！〉と、乗り出しているように見える。

「なんてたくさんの本でしょう！　これ、全部お読みになったのですか？」

エーコ教授宅を訪れた人はその膨大な蔵書にたじろいで、異口同音に訊く。

「いや、一冊も読んでません。でないと、ここに並べておく意味がないでしょ」

と、小文『プライベート図書館に関する一考』にエーコ教授は記している。

購入する本の他に、続々と献呈本も届く。蔵書数は、五万冊を超える。

思えば、エーコ教授もよく通ったあの書評家の居間も、窓以外の壁はすべて本棚で埋め尽くされていた。家具職人に設えさせたもので、棚板の厚みは優に十センチはあっただろう。特製の梯子が立て掛けてあり、いつでも天井まで埋める本に手が届くようにしてあった。訪問客たちはひと通りの挨拶を済ませると、本棚沿いに居間をゆっくり見て回った。一冊ずつ、本にも挨拶をしているようだった。あとから来た人も本棚に近寄り、本の前の空いたスペースにワイングラスを置いて立ち話していた。本を詣《もう》でて杯を捧げているようで、何とも象徴的な光景だった。ソファ前の大きなコーヒーテーブルの上には、テーブル面が見えないほど本が積まれてあった。どれも新刊で、来訪者が好きに持ち帰っていいことになっていた。書店よりも早く、そこに置いてある本も多かった。テーブルの上に、イタリアの出版界が載っていた。

〈手に取って！　ページを繰ってみてください！〉

古書市で、皆がじっとエーコ教授の手の伸びる先を見つめていた様子を思い出す。

「本棚は、読み終えた本の保管場所ではありません。仕事のための道具をそろえておくところです」

なぜそんなに本を集めるのか、と驚く人たちにそう説明しながら、エーコ教授はますます本を集め続けた。広く国内外の古書商に依頼し、ありとあらゆる分野の本を集めた。必要だったからだけではなく、本そのものが好きだったからだ。

古書店の主たちは皆、『薔薇の名前』が売れて喜んだ。中世への案内書であり古書への手引き書でもあり、ビブリオフィリアだけではなく一般読者の興味も高めてくれたからである。

古書商たちは、エーコ教授から声がかかるのを心待ちにしていた。依頼が来ると、教授と連れだって本の海に飛び込む。

「果てしない過去への冒険に、胸が高鳴りました」

代々トリノで古書店を営む主人が言う。エーコ教授とは、自分の祖父が店主だった一九五〇年代からのよしみだった。当時、文学部の質素な学生だったエーコは、古本を買いによく店を訪れていた。

「ですので、哲学者や小説家としてのエーコ教授ではなく、ずっと無類の本好きと本売りとしての関係でした」

代々続く家業である。店主はかなりの稀覯本にも精通している自信があったが、エーコには圧倒された。理系文系の境界を越え、時代を超え、国を超え、大衆文化も学術的なものも区別なく探求の目は全方位に向けられていたうえ、どれをも熟知していたからだ。探しものを頼まれるたびに、教授が次作で何をテーマにするのかを必死に推量したが、一度として見抜けたことはなかった。

「『これを読めば、なぜあの本を探すように頼んだのかがわかるでしょう』と言って、教授は必ず新刊を贈ってくれました」

『前日島』が出たときには、四十の章タイトルのほとんどが十七世紀の稀覯本《きこうぼん》の書名から付けられたものだと気が付いて、古書店主は舌を巻いた。

「しかも、ほとんど訳されていない、天才学者アタナシウス・キルヒャーがラテン語でまとめた研究書までが入っていたのです。『前日島』の目次は、十七世紀の幻の本へ向けた讃歌です」

あの日曜の朝、市場でエーコ教授の手の先を追ったように、目次に案内されて古書を追いかけてみる。

アタナシウス・キルヒャーと聞いて、知る人は何人いるだろう。

〈ルネサンスに遅れて着いた異才〉と呼ばれているらしい。十七世紀、ドイツの神学生だった彼は、神学と哲学の知識を基にヘブライ語シリア語も習得し、大学で数学と倫理を教え、後に司祭となった。並行して磁気、古代エジプト、中国、伝染病と予防法、音楽、美術、考古学、宇宙とありとあらゆる研究をし、著作を残している。十七世紀の欧州学術界の頂点を極めたものの、合理主義者たちからの批判を受け長らく忘れられていた……。

〈遅れてきたルネサンス人〉に、もしかしたらエーコ教授は自身の姿を見たのではないか。十七世紀の超人は、生きたリベラル・アーツだった。境界を越え、探究心の赴くままに突き進む。四百年前に途切れた冒険を引き継ごうと、はるか彼方の過去に向かって大海原を泳いでいくエーコ教授が見える。

「本を読まない人は、七十歳になればひとつの人生だけを生きたことになる。その人の人生だ。しかし本を読む人は、五千年を生きる。本を読むということは、不滅の過去と出会うことだからだ」

大学生に熱心に説く姿は、読書の功徳《くどく》を伝える宣教師のようだった。

「教授は、ホルヘ・ルイス・ボルヘスが好きでした。ボルヘスは、『作家は死ぬと、その人が書いた本になる』と言った。ならばエーコさんは、自分が書いた本だけではなく集めた本にもなっているに違いありません。『本からは離れられるものではない』と、ご本人が書いたように……」

リアルト橋手前の、エーコ教授の顔写真を貼った古書店のことをボローニャの編集者に話した。額に入れるわけでもなく、他界した旨の添え書きもない。ただ、穏やかなモノクロの笑顔が低めの位置に貼られていただけだった。店からの、静かな別れの敬礼だったのだろう。

「ウンベルトへの挨拶にぴったりね」

電話口で、女性編集者はしんみり言った。

受話器を置いて、電車に乗った。知の魅力と威力を教えてくれた教授を偲びたかった。

「ボローニャにいらっしゃい。彼が教えていた大学近くの食堂で献杯して、ウンベルトの話をしましょう」

編集者にそう誘われたからだった。

「彼はね、新しい出版社を創設して亡くなったのよ」

エーコ教授が亡くなる前年に、ミラノにある歴史の長い出版社の経営が行き詰まって、大手出版社に吸収合併されてしまった。呑み込まれた出版社は、優れた内外の文学作品を数多く刊行し、大勢の作家を輩出してきたイタリア出版界の雄だった。エーコ教授も自身のほとんどの著作を任せてきた出版社だった。作家たちと著作権もまとめて呑み込んだ大手出版社は、脆弱《ぜいじゃく》な出版社を片端から食い尽くして、とうとうイタリア出版界の四割強を傘下《さんか》に収めてしまっていた。その社風は、

〈売って売って、売ること〉である。

「悔しいし、危険なことよ。本も商品には違いないけれど、売れた部数の多寡《たか》でその内容を評価できるようなものであってはならないでしょう?」

エーコ教授は作家や出版人、学会、篤志家からの協賛を得て、出版社を立ち上げた。その名を『テゼオの船』という。

〈テゼオの船〉は、古代ギリシャのアテネの王の船である。荒海や争いで、船は次第に傷む。ギリシャのしきたりで廃船にせず、大切に保存されてきた古《いにしえ》の船から端材

を継いでは修繕を重ね、航海し続けた。

〈『テゼオの船』は未来を見つめ、過ぎたものへ未来を与えるのです〉

ボローニャの編集者は背を伸ばし誇り高い面持ちで、新出版社創立の挨拶文を読み上げた。

12　本から本へ

かつて船上で生活していたことがある。板一枚下は海。頭上には空。潮と風に身と運を任せた毎日は自由気ままなようでいて、現在の立ち位置も先行きもわからず、常に不定さに囲まれていた。

近年ときどき、ヴェネツィアに住んでいる。干潟での暮らしは、船上生活とよく似ている。地面の上を歩いているつもりが、いつの間にかぬかるみに足を取られていたりする。中世から残る堅牢な石畳も、冠水に見舞われるとあっという間に水に沈んで揺らぐ。逆に水が涸《か》れると、大運河に面した荘厳なファサードを誇る建物も腐食し崩れかけているその礎《いしずえ》を見せる。足下が信用ならない。あてになる確かなものなど、ここにはない。

町に合わせて、船乗りのように暮らす。ヴェネツィアに着き少し過ごすと、長逗留はせずに他所へ出ていく。戻ってきて再び発つ、を繰り返す。

外海はすぐそこに広がっている。自由を目の前にして気分は昂揚するけれどすぐ、船がなければどこへも行けないことに気付く。開放感に押されては、逼塞感に引き戻される。

干潟に留まり住むことは、波止場に碇泊《ていはく》する船内にいるようなものだ。船外には、絶えず目まぐるしい往来がある。それを眺め、次々と訪れる人々から各地の話を聞いているうちに、自分も方々を旅した気分になる。外海に向かっての出発点だったはずが、居着いたまま終着点へと変わりかねない。町にはあちこちに過ぎた時が沈殿している。傍観して留まっていると、知らずに積み重なった時間の間へと引きずり込まれてしまうのでは、と不安になる。だから、発つ。

住み始めた当初は、歩けば歩くほど迷った。どの路地もじめついていて黒カビや苔が生え、壁は朽ちて剝げ落ちている。どこも同じに見える。商店を目印に、道順を覚える。日中はいいけれど、夜になり店のシャッターが下りてしまうと特徴が消え、見分けが付かなくなった。リアルト橋からサンマルコ広場にかけての観光客で賑わう地区では、商店の入れ替わりが激しい。昨日まで洋装店だったところが、今日からは持ち帰りのサンドイッチの売店へと替わっている。しばらく通らないと、付けた目印はもう使いものにならない。

ある日、用件を終えると、日がとっぷりと暮れていた。たとえ込み入った路地に入っても、足が勝手に進むほどに通い慣れた地区だった。ヴェネツィアの外灯は低く落とした照明で、建物も全像がよく見えない。薄暗い路地を歩き、小さな石の橋を渡り終えようとすると最後の段まで水が上がってきていて、その先は湖面のようになっている。冠水は始まったばかりらしく、見ているうちにも地下から水がみるみる浸み出し、泥水となって広がっていく。このまま先へ進んでもすぐに深みに足を取られて、二進《にっち》も三進《さっち》もいかなくなるだろう。しかもゴム長靴を履いてきていない。来た道を引き返そう。迂回《うかい》して隣の地区を通ればいい。ここより少し海抜が高いのだ。

二筋ほど後戻りして路地へ入れば済んだはずが、いくら歩いてもなかなか隣の地区へと着かない。

〈変だな〉

商店は看板を掲げているが、屋号だけでは昼間の景色を思い出せない。そうこうするうちにも、冠水はひたひたと迫ってくる。そのうえ濃霧があっという間に下りてきて白壁のように立ちはだかり、たった一人、闇に取り囲まれてしまった。

途方に暮れる。立ち尽くしているわけにもいかない。霧から逃れるように、勘を頼りに一本、もう一本と脇道へ入っていくうちに、前方に闇を四角く切り取るように長方形の光が浮かび上がっているのが見えた。

見覚えがあった。走り寄ると、やはり。ぼんやりとしたショーウインドウの中で無数の本たちが、〈おかえりなさい〉といっせいに表紙をはためかせたように見えた。通いつけの古書店だった。迷っているうちに、ずいぶんと歩いていたらしい。ここまで来られれば、もうだいじょうぶ。家に着いたも同然だ。


とっくに閉店している時間なのに、と入り口のガラス戸から覗いてみたが誰もいない。戸を叩いてみる。すると積み上げられた本の間から、店主がひょいと顔を出した。

「航路を見失いましたか」

いたずらっぽく笑いながら、快く店内へ入れてくれた。

「積んでは崩し、崩したあとにまた積んで。いっこうに終わらないのです」

店内に入ると、しんと冷え、埃と古い紙の独特の甘い匂いがうっすらとした。本のない平面は天井だけである。歪んだ台形状をした店の壁に沿って、天井まで届く本棚が並んでいる。店の中央には、平台が二つ並べ置いてある。平台の周りには、身を斜めにすればやっと通れるかという空間が取ってはあるものの、床からは鍾乳洞を逆さにしたように本の柱が何本も突き出していて、簡単には通り抜けられない。平台にはおびただしい数の本が無造作に盛られて、連峰を成している。平台の下部はぐるりと棚になっていて、隙間なく本が詰め込んである。

かなりの買い取りをしたところなのか、あるいは蔵出ししたばかりなのだろう。商売繁盛で結構なこと、と私が喜ぶと店主は、とんでもない、と大きく頭を振った。

「祖父の代から付き合いのある一族が、ヴェネツィアの屋敷をとうとう手放すことになりましてね」

すべての蔵書を託す、と家長の遺言状にこの店が指名されてあったため、店主は屋敷の明け渡しに立ち会い、本を引き取ってきたのだという。代々の蔵書である。店の倉庫だけではとうてい収まり切らず、ひとまず店内にも自宅にも分け置いて、少しずつ整理をしているところなのだった。

私がその古書店へ通うようになって、ずいぶんになる。まだヴェネツィアへ通いで訪れていた頃から、近くを通れば必ず立ち寄っていた。いや、無意識のうちに何かしら理由を作っては、店を訪ねるようにしていたのかもしれない。寄るけれど、買わなかった。ショーウインドウに並ぶ本を眺め、店内の新しい山々を見上げて溜め息を吐き、店主に挨拶してそのまま帰ることが多かった。

ヴェネツィアを訪れるときは、人と会ったり美術展見学だったり。たいてい日帰りか一、二泊の滞在で、帰りの電車の時刻を気にしながら町を回った。美術展を観たあと図録を買うと、もう他には何も持てない。土産に、と面談相手から貰ったワインや菓子包みを抱えて帰路につくこともしばしばだった。

路面には、古からの石が敷き詰められている。訪問者は皆、徒歩だ。全員が重いスーツケースやキャリーバッグを引けば、町はますます傷むだろう。だから、荷物は背負い持つ。背負える分量は限られている。古書店に立ち寄るものの手ぶらで帰っていたのは、そういう事情もあるからだった。

店内に漂う、干草のような甘くて古めかしい書籍の匂いを嗅ぐと、幼い頃に祖母に抱いてもらったときのことを突然思い出したりした。記憶が、祖母の和服に染み込んだ樟脳の香りに繋がったのだろうか。あるいは過ぎた時間には、国境を越えて、人にも本にも共通した匂いがあるのだろうか。過去へ迷い込んだような店内にいると、ほっとした。

店が面する路地は、観光客の雑踏からは離れている。ときおり聞こえてくる屋外からの物音、たとえば教会の鐘の音や子供がむずかる声、カモメの羽ばたき、雨だれや配達人が引くリヤカーの車輪の音は、順々に本に染み込み店内は変わらずしんとしていた。町のさまざまを丹念にすくい上げては店内に招き入れ、抱えているように思えた。

店が扱っているのは、〈ヴェネツィア〉と〈美術〉をテーマにした古本だけである。蒐集家《しゅうしゅうか》向けの稀覯本ではない。読むのが好きな人たちの手から手を渡ってきた、古い本だ。次に読まれるのを待っている本なのである。

一番奥の本棚には、両手でも持ち切れないほど分厚い大型の美術本が並べてある。イタリアの美術専門出版社は、どこも傑出した印刷技術を誇る。一冊抜き出してみると、ティツィアーノの画集だ。かなりの年代物なのに、印刷の色は少しも褪せていない。紙はしっとりとして、ページを繰ると指先に吸い付いてくる。艶やかで張りがあり厚いのに、めくり心地はごく軽やか。〈見てください〉と、本が自らページを繰るようだ。これまでの持ち主たちに大切にされてきたのだろう。余白は黄ばむことなく時を重ねていて、絵画がいっそう映えて見える。

平台には、廉価版のガイドブックや郷土料理レシピ集、干潟に言い伝えられる民話などのタイトルが見える。専門雑誌のバックナンバーもひとまとめにして置いてある。山ごとに大まかな仕分けはされているようではあるけれど、

「ここは、丸ごとヴェネツィアの大衆ものなんです」

ときどきキロ単位で量り売りにするのだ、と店主は愛おしそうに本の山に手を載せて言った。

いつも店主は、入り口のすぐ脇に座っている。小さな机はレジと電話とコンピューターを置くともういっぱいだが、それでもわずかな隙間には本が積まれている。おおかたが小ぶりの本だが、この場所がどうも特等席らしい。これぞと思う本が入ってくると、店主はまずここに置く。しばらく様子を見る。幼子を手もとに置き、見守るようである。客がいないときは、店主がレジ前に置いた本を読んでいる。たいていの客

は探している本があって入ってくるが、中にはただ本のそばにいたくてやってくる人たちもいる。聖地巡礼のようでもあり、先祖の墓参りのようでもある。どの人も店のことをよく知っていて、入ってくるとまずレジ前に目をやる。〈おっ〉という顔で何冊かを手に取り、店主と雑談を始めたりする。居合わせた客同士が顔馴染みだと、二言三言、遠慮がちに近況を話したりする。

「サンマルコ広場に近いあの店だけど……」

「とうとう来月には、裏の画廊も代替わりらしいな」

「来週は、水上バスが朝からスト決行だよ」

「ここへ来る途中、映画の撮影隊とすれ違った！」

本の間に、ヴェネツィア訛りが低く重なる。町の静かな息遣いを聴く。新聞にもテレビニュースにも出ない無数の出来事が集まって、日常生活は出来上がっている。名所旧跡からは知ることのない無名のヴェネツィアの顔が、古書店の中に垣間見える。客たちは、本を買うためだけではなく、レジ前で四方山話をするために店を訪れるようにも見えた。ときには、各人各様に本の感想を述べたりもした。客たちの話を介して、本の声を聞くような気がした。店主は客たちのお喋りに口を挟むことはせず、にこにこしながらただ聞いている。

ヴェネツィアに住み始め荷物の心配をせずに店に寄れるようになると、あれもこれもと気が急《せ》いた。すぐに読まなくてもいいけれど、今手に入れておかなければもう二度と会えないかもしれない、と思う本ばかりだったからだ。棚から棚を丹念に見て回り、積み上げられた柱を一本ずつ眺め、山を崩しては選び集めた大量の本を前に、溜め息を吐いた。店主は私が粗選びした何冊もの本に目をやりながら、「これなら図書館で済む内容」とか「初版しか出ていないから持っておいたほうがいい」「重さがあり過ぎるから、店に通ってよく見てから決めても遅くない」「この本は、そのうち廉価版も入荷するな」「同じ著者のなら、後続本のほうがいいかも」など、ぶつぶつ言いながらいくつかの袋に分け、

「家へお持ちになり、ゆっくり目を通してから決めてください。気に入らなければ、また戻してくれればいい」

と手渡し、代金を受け取ろうとしないのだった。

ヴェネツィア共和国は栄華の頂点を極めた十五世紀頃から、長らく欧州の出版界で

も頂点に立ち牽引《けんいん》してきた。ヴェネツィアは、紙の都でもあったのだ。

海運業で栄えた国である。異国から上陸する最新の情報や人材、物資を目がけて、各地から商機を狙う人々と資本が集まった。コンスタンチノープルが陥落した際、ギリシャ人たちがヴェネツィアへ逃れてくるときに携えてきたのは、何はさておき書物だった。後世への遺産として、古代ギリシャから伝承される英知をヴェネツィアは預かり受けたのである。古典から最新の知識までを編み、書き留めて本にまとめ、ヴェネツィアは世の中の基盤を築いた。

当時こうした多くの著作は、豪華で貴重な皮革装丁の大型写本でしか読めなかった。それを十六世紀にヴェネツィアの出版人アルド・マヌツィオが、グーテンベルクの印刷技術をもとに、掌に載る判型で大量に短時間で出版することに成功する。それまで知識層や富裕層だけに限られていた本が、広く一般人にも読めるものとなった瞬間だった。

〈古代ギリシャが自分の手の中にある！〉

私設図書館や高貴な人々の書斎から本は飛び出した。馬上や旅先、庭や居間へ。さまざまな境界を取り払い、読む楽しさの前に世界がひとつになった瞬間でもあった。

時代の最先端産業はヴェネツィアで本に関わること、となったのである。

　現在では土産物店で賑わうリアルト橋からサンマルコ広場への通りだが、当時はここに出版社や印刷業者、書店が軒を連ね、欧州一の売上を誇る書籍通りだった。内外から秀逸な出版企画や編集者が集まり、選り抜きの紙や表紙用の皮革、綴じ紐、顔料をそろえ、装丁や刻字、版画の名工たちの手により、本が次々と創られていった。

　本は本を呼ぶ。さらなる情報や人を集め、富を増やし、ヴェネツィアは本に支えられたのである。

　それから五百年余り経った今、町には新刊書店が数軒残っただけ、と寒々しい。観光客中心の市政、高騰し続ける物価や旧態依然としたインフラに見切りを付けて多くの住人が町を去っていき、書店は顧客を失った。

　アルベルトは、この古書店の三代目である。開業した祖父の代から、ずっと同じ場所で本を売ってきた。ヴェネツィアは長らく出版の中心だったから、きっと代々この地の彼の一家も本屋を家業としてきたのだろう、と思っていた。あるときふと、店の成り立ちについて問うと、

「いえ、祖父はトスカーナ州の出身でして」

アルベルトは意外な返事をした。出身地を教えられたが、聞かない名前だった。

「そりゃそうでしょう。住人が三十人いるかどうかというような村ですから」

トスカーナ州の海から、内陸に向かって五十キロメートルほどの山間部にあるという。大理石の産地として知られるトスカーナ州の町カラーラの海と、古代ローマ時代から軍港で栄えたリグリア州のラ・スペツィアの海が眼下に控える。村には、少しの平地もない。林業で身を立てようにも道がなかった。鉱脈もない。あるのは栗の木だけからなる森林と石、それに人と獣が何世紀も通り踏み固めて出来た小道だけである。

「それでも歴史は古くてね」

村近くの山裾には、古代ローマ時代の橋が残るという。農耕するための平地もないようなところでも人が住み続けたのは、その山を通り抜ける小道が、海からイタリア半島北部やフランスへと最短で繋がる道程だったからである。住民の慣れた健脚に守られて、細いが確かな商いの道となる。港に着いた塩やオリーブオイルなどを商材として運んだのだろう。

「いいえ。村人たちが運んだのは本でした」

モンテレッジォ。

帰宅し、地図で村の位置を調べてみる。村というより、道の途中の点だった。毎夏、〈本祭り〉が開かれているらしい。

道もろくろくないような山奥で、本祭りだなんて。

どうにか本祭りの事務局の連絡先を見つけ出し、少し躊躇《ためら》った末に電話をかけてみた。

自分は日本人で、ヴェネツィアの古書店で村のことを知り、ぜひ村を訪問したい等等、ひと息に伝えた。

「……」

電話の向こうで、事務局長は黙り込んでいる。

いきなり見知らぬ東洋人から、わけのわからないことを電話口で言われて困惑しない人などいないだろう。いったん電話を切って、私は同じことをメールに書いて送った。返事がなくても行けるところまで車で行き、村を訪ねてみるつもりだった。

「ミラノまで車でお迎えに上がります。ぜひいっしょに日曜日を村で過ごしましょう」

メールを送ったその日のうちに、事務局長から電話があった。冬は村にはほとんど住人がいない。自分も夏休みで帰郷する以外は、リグリア州の海辺の町で暮らしている。副事務局長も同様だ。二人は相談したらしい。休日を返上して村で落ち合い、じきじきに村を案内してくれるという。ひと呼吸置いてから、事務局長は朗々とした口調で言った。

「僕も副事務局長も、先祖は本売りでした」

ミラノの路上で初めて会って握手したとたん、旧知の間柄、という印象になる。そのまま皆で一台の車に乗り込んだ。無謀なようだったが少しの不安もなかったのは、ヴェネツィアの古書店を介して本が連れてきた縁だったからだ。

本を運んだ人を先祖に持つ人たちである。話題は、きっと本のことばかりに違いない。互いに好きな作家や本について論じ合うのかしらん。日曜版の書評ページをちゃんと読んでくればよかった。

ところが、車内では本の話は少しも出ない。どれほど村が山奥にあり、「生えているのは栗の木だけ」で、村を出て世界各地に村人は移住していて、声をかければたちまち伝わって村のために皆が助け合い、「それもこれも、本のおかげ」という話ばかりである。

高速道路を下り、山へ分け入る道はどんどん細く急な勾配となっていく。車を停めて休憩した三叉路に、〈モンテレッジォ〉と記された真新しい案内板が立っている。

「過疎が進んで、案内板が傷んでも州はなかなか付け替えてくれない。それで、僕たち村の出身者がお金を出し合って作ったのです」

事務局長ジャコモがうれしそうに看板を触って言う。故郷が自慢でならない。

山奥へ行くというので、私は履き慣れたスポーツシューズに防寒用の上着である。ところがジャコモは、下ろしたての濃紺の革靴に同系色のウールのジャケットという町なかを行く出で立ちである。副事務局長のマッシミリアーノも、フラノのズボンに薄手のVネックセーターを合わせ、足下は濃茶色の革製の紐靴だ。二人とも四十代後半という年格好で、その着こなしのままに飾り気がなく、かといってくだけ過ぎず、人当たりがよい。自己顕示欲の強い人が多い中、この二人は飄々としている。大切なのは、村なのだ。二人はまるで初めて訪れるかのように、春を目前にした故郷の山々の景色に感嘆している。

ふと見ると、三叉路近くに見覚えのある顔写真が貼ってある。

……ヘミングウェイ？

「そうです、そうです！〈露天商賞〉の第一回受賞作が、『老人と海』でしたのでね」

一九五三年に〈露天商賞〉は、この山麓の村で設立されたのだという。イタリアの権威ある文学賞として知られ、作品に対して与えられる。選ぶのは、イタリア全国の一般書店だ。

「ここは、もともと文学と縁の深い一帯でして。一三〇一年に政争に巻き込まれフィレンツェを追放され放浪の旅に出たダンテ・アリギエーリを最初に迎え入れた村も、すぐ近くにあるのですよ」

この峠越えは北イタリアへの近道であり、その険しさは追っ手を阻む難関だったからだろうか。

三叉路から先はさらに道が細くなり、人の気配はない。

中世からここに暮らした人々は、栗の実を拾い、干して挽き、粉にした。野獣を捕まえ、山草を摘み、わずかに穫れる野菜で生き延びてきた。産業らしい産業はなく、春が来ると男たちは山を越え北イタリアの農村へと出稼ぎに行き、冬になると村に戻って家族とともに春の到来を待った。

数年にわたり、干魃《かんばつ》が続いたことがあった。男たちは、農作業の出稼ぎ先を失った。唯一の収入の元を失った村人たちは、栗の実、粉、近辺で採れる石を小さく切り、背《しょ》負子《いこ》に入れて山を越えた。一帯で採れる石の表面は粗いので、刃の研磨用として売り歩いたのである。

「僕の先祖は、その石を砕石して切りそろえる工場を作ったのです」

ジャコモが言う。

春が来ると、男たちは石を背負って村をあとにした。フランスで評判がよく、注文が入り始めた。道中、立ち寄る先々で売ってみよう、と石の他に栗の実や粉も背負子に入れた。栗が売れ背負子に空いた隙間に、男たちは印刷された紙を積んだ。

「ダンテの精霊のしわざでしょうか。十五世紀あたりから、山の近くには聖典を印刷する工房がありまして。村の青空市には、刷り損ないや試し刷り、古い在庫が放出されていたようです」

石を担いで売りに行く男たちの多くは、読み書きができなかった。しかし、わけのわからない線や形がびっしりと印刷されている紙を見て、

「きっと貴重なものに違いない。俺たちが売るのは、これだ」

天啓だったのかもしれない。栗の粉を売って得た金でわけのわからない印刷物を仕入れて、旅を続けたのだった。

「山から来る石の運び人たちは、なかなか面白い印刷物を持っている」

各地で行商人たちの評判は広まった。聖典の間には、禁断の書であるエロティックな読み物や絵、暦も交じっていた。

行きは、石と栗。帰りは、本。

こうして村の男たちは春が来ると、山奥からイタリア全土に向けて本を担《かつ》いで旅するようになっていった。世界で最も古い、本の行商人、露天商の誕生である。

山の男たちは各地の富裕者や知識人たちの間でよく知られるようになり、上客たちからじきじきに注文を受けて本を探し、届けるようにもなっていった。

十八世紀末にフランス革命が起こると、イタリア半島各地で統一共和制国家への気運が高まった。本の行商人たちは世相を敏感に嗅ぎ取り、国家統一を説く冊子や思想書を徹底的に探して、各地の活動家たちへと届けたのである。先祖たちからの「本こそ、自分たちが売るべき大切なもの」という商いの初心を貫いたのだった。

ナポレオン体制のもと、活動家は危険分子として厳しく監視されていた。イタリア国家統一を説くような本は当然、禁書である。見つかると処罰される。それでも本の行商人たちは、少しも怯《ひる》まなかった。むしろ張り切った。背負子や手押し車、あるいはロバに引かせた荷車に隠して、各地にイタリア復興を説く本を黙々と運び続けた。歴史に残る、初めての本の密売人でもあったのである。

男たちは、登っては下り、本を売った。イタリア半島津々《つつ》浦々《うらうら》に人々が読みたいと願う本が届いたのは、モンテレッジォの行商人のおかげだった。

都市部にあった出版社は、彼らから各地の読者の反応を教えてもらうようになる。有名出版社からも信用を得ると、在庫や返本を廉価で仕入れては運んで売った。売っては、また仕入れた。

「自らの歩幅を過信せず、自分たちが持ち運べる分量だけを扱う地道な商人だったのです」

副事務局長マッシミリアーノの先祖は、曾祖父の代まで、変わらぬ心構えで行商を続けたという。

「僕の先祖は、出版のほうへ進みました」

事務局長ジャコモの先祖は、研磨用の石をフランスに大量に売って得た財を元に、十九世紀の末にバルセロナに出版社を創業する。行商人たちが足で集めた情報によれば、バルセロナはさまざまな国の人々が行き交い進取の気性に富んでいるという。カタロニア語やスペイン語で書籍を出版し、直営書店を開き、大成功を収める。即、南米へ渡り、ブエノスアイレスに出版社を設立する。南米で初の、欧州文学の出版活動を始めるためだった。

二人の話を聞きながら、モンテレッジォの入り口に建つ中世の教会に参り、村を貫く一本道をぶらぶらと歩く。中世からの建物は低層で、壁面や玄関にはこれといった装飾もない。雨戸が閉まっている。手入れは行き届き、実直な佇まいだ。村の中ほどには、ロバや馬の水飲み場と並んで小さな井戸が見える。二、三軒の家には、冬でも人が住んでいるのだろう。玄関ドアが開け放されたままになっている家があり、丸見えの居間の奥の窓から山が見えている。山から山へ渡る風が、木々の匂いを乗せて通りを抜けていく。ふと見ると、通りや広場には欧米の出版人たちの名前が付いている。本に抱かれているようだ。

村はがらんとしている。行商に出た男たちの多くは、旅先に出来た縁から各地で書店を開き、家族を呼び寄せて村を離れていった。

「時代が変わって、書店経営は難しくなりました。商売替えした人も多いです。でも村出身の誰もが、自分たちが本をイタリア各地に運んだ、という誇りを持ち続けているのです」

かつて先祖たちが本を売りに出て村が空っぽになった夏に、今は子孫たちが読み古された本を携え、本祭りのために村へ戻ってくる。路上や広場、教会の壁沿いに、祖父や曾祖父がしたように箱や板に古い本を並べて売る。

村の男たちが背負った本の重さは、生きる重みだ。

遠くへ運んだ本が、時を乗せてまた戻ってくる。

あとがき

——イタリアの栞《しおり》

古い菓子缶に、たくさんの絵葉書が入っている。宛先は両親だったり、自分自身だったり。学生時代に初めてイタリアを訪れて以来、行く先々から送ったものだ。外信部の記者が行った先を世界地図上にピンで印を付けるのに倣《なら》って、私も自分の足跡を記録するつもりだったのかもしれない。現地の様子を綿密に報告している絵葉書もあれば、日付とサインだけのものもある。確かに訪れているはずなのに、絵葉書のない町もある。印象が薄かったわけではなく、胸いっぱいで言葉に詰まったのかもしれない。ときどき缶を開けては、遠い日を振り返る。

海が一面に広がっている絵葉書。

駅から出ると、足下に渚《なぎさ》があった。一日に二本だけ電車が停まる、南仏との国境に近い小さな町だった。病弱な娘のために温暖な海の町へ転勤してきた駅手の一家は、駅舎の一部を改築して倹《つま》しく暮らしていた。

駅手オズワルドは、家庭の事情であまり学校に通えなかった。読み書きの代わりに腕力と器用な手先に恵まれ、〈なんでも解決する男〉と、皆から頼りにされていた。

私は取材でその海の町を訪ねて気に入り、やがて家を借りて住むようになった。駅はたちまち、新しい地での暮らしの支えとなった。その頃の私はスクープ狙いに必死で、いつも気が急いていた。悪天候で停電すると、迷わず駅へ向かった。

「ご苦労なことだねえ」

慌てふためく私と原稿に目をやりながら、オズワルドは自家発電機から電気を回してくれるのだった。

その彼が、電車に轢《ひ》かれて右手を失った。

〈この先どうするのだろう……〉

しばらくして訪ねると、彼は得意満面で窓際の肘掛椅子に座っている。

「娘が結婚することになってね。いつか孫に読んでやろうと思ってさ」

周りには、何冊もの絵本が置いてあった。

乾いて橙色の大地を行くシマウマの群れ。今にも葉書から外へ走り出てきそうだ。

隣家のヴィートは、たった六歳の小さな男の子だった。一人っ子。共働きの両親が帰宅するのを毎日、ベビーシッターと待っていた。退屈して窓から外を眺めても、ミラノの灰色の空の下、コンクリートジャングルと車の渋滞が見えるだけで、いっそう切なくなる。

ヴィートが小学校に入学したとき、『ナショナル　ジオグラフィック子供版《キッズ》』の定期購読一年間分を贈った。ページが窓になって、世界各地の動物に会いに行けますように。

しばらくしたある朝、玄関のドアの下にヴィートからの絵葉書があった。雑誌から切り取った何頭ものシマウマが、色鉛筆で橙色に塗り込んだ葉書大の厚紙の上に丁寧に貼ってあった。

ナポリのプレビシート広場が、いつもにも増して堂々として見える。〈店は順調です〉。裏面いっぱいに書かれたひと言に、ルイジの誇らしげな笑顔が目に浮かぶ。

ある二月。長雨の続くヴェネツィアを歩き回って心身ともに冷え切り、馴染みの食堂へ入った。路地を繰り返し曲がった奥にあり、客はほとんどが地元の常連だ。

一人で食事をしながら、後ろのテーブルの話し声を聞くともなしに聞いていた。強いナポリ方言に懐かしくなり思わず振り返って、こちらにお住まいで？　と、私もナポリ訛りで尋ねた。初老の男性と三十前後の若者の二人連れは驚き、すぐに破顔一笑。

「いっしょに食べましょう」

ヴェネツィアにコーヒー豆とチョコレートの店を開きにナポリから来たのだ、と言った。名を訊くと、南部なら誰もが知る名店である。

翌日、行きつけの古書店でその話をすると、店主が奥の棚からおもむろに一冊を取った。

『ヴェネツィアのカッフェの歴史』

カカオが西洋に入ったのは、ヴェネツィアからなのだった。開店祝いに、その本をナポリ人たちに渡した。

「エスプレッソ・コーヒーなら、ナポリが一番。豆の炒《い》り方は、どこにも負けない」

初老の上司は意地を張ってみせたが、若い部下ルイジは黙ってページを繰り、隅々まで食い入るように見ていた。

「私はね、こうして使っているのよ」

古い絵葉書の話をしていると、イーダはテーブルの上の本を手にした。読みかけのところに、砂浜の絵葉書が挟んであった。絵葉書の裏には、〈Ciao!〉と、幼い字が躍っている。親戚の子が、夏休みを過ごす先から送ってきたのだという。

老いた彼女の夏の相手は、本である。休暇で空っぽになったミラノに独り残って本を読む。

「読んでしばらくしたら内容を忘れてしまうので、昔買った本を繰り返して読んでいるのよ」

イーダは、老いるのも便利、と笑い、壁一面の本棚から一冊抜き取る。広げると、ハラリと絵葉書が落ちた。別の一冊からも、また一枚。各本に一枚の絵葉書が挟んである。絵葉書は、夏の景色だったり冬だったり。異国の切手が貼られたものもあれば、〈Firenze〉の消印が押されたものもある。渓谷の深い緑。月夜の港。湖畔が靄《もや》に包まれている。庭じゅうに満開のオールド・ローズ……。

昔イーダは、その本を携えて絵葉書の場所で休暇や週末を過ごしたのかもしれないし、その本を読んでいるときに誰かが旅先から送ってくれたのかもしれない。

「すべておぼろげなのに、挟まれていた絵葉書を見るとたちまち、読んでいたときの思いがよみがえるの」


イーダに教わった特別な栞を、私も真似ている。本に挟んだ絵葉書は、そのときどきの私のイタリアの思い出と重なる。

何枚もの栞をイタリアに挟み、ときどき読み返す。

文庫化にあたって

二〇二〇年。来る日も来る日もなかなか進まない時間を過ごしていたのに、気が付くともう一年が終わろうとしている。

浅い春のイタリアにヨーロッパで最初の新型コロナウイルスの感染者が出て、わずか数日のうちに全土が封鎖される事態へと陥った。

連日一〇〇〇人が亡くなっていった。イタリアには一〇〇〇人以下の小さな村が多数ある。そういう村が、毎日ひとつずつ消えていくような状況だった。

世の中が壊れていく。

息を潜め、家から動かず、イタリアからの連絡を待ちながら私は毎日を過ごしていた。当面、本拠地であるミラノには戻れない。イタリアの時事を伝えるのが仕事なのに、日本に居ていったい何ができるのだろう。

誰にも何もわからない。
〈五里霧中〉とはこういう状態を言うのか、とただ呆然とした。

日々イタリアの地図に感染の状況を書き込みながら、各地の知人たちの身を案じた。その人たちと初めて会った時のこと。ともに通った山道。港の食堂のおいしい匂い。生まれたての子の洗礼式に招待されたっけ。公園のベンチに座って高校生から聞いた初恋の切なさ。深夜、高速道路の休憩所で頼んだコーヒー。そういえば、ヴェネツィアのバールではエスプレッソ・コーヒーでウンベルト・エーコさんを弔ったのだった……。

それは、居ながらにして、通り過ぎてきたイタリアを順々にさらう旅だった。

〈もし『十二章のイタリア』に続編があるとしたら？〉
イタリアと自分との関わりを本に絡めてまとめたあと、しばしばそう思ってきた。
イタリアでは、〈13〉は不吉な数字だ。忌み恐れ、欠番にしたり、あえて〈14〉まで進んだりすることもある。

ところが『十二章のイタリア』を文庫化する作業が疫病と重なり、期せずして、自著を読み返したことが〈十三章〉となった。

さて、ここで止めると縁起が悪いのではないか。

十四章以降にも書き進んでいけるよう、イタリアと新たに向かい合う気持ちだ。

イタリアの陰翳《いんえい》

APU学長　出口治明

僕は、放浪のような当てのない旅が大好きだが、ヨーロッパの中ではイタリアに首ったけだ。おそらく一〇〇回近くはイタリアを訪れているだろう。なぜそんなに足繁く通ったのか。一つには仕事があったからだ。九二年から九五年まで僕はロンドンで仕事をしていたが、主な仕事はヨーロッパのソヴリン（国や自治体）に対する金貸しだった。三年間で二〇〇〇億円以上、融資契約にサインした記憶があるが、イタリアの金融公社にも一〇〇億円の貸金残高があった。その金融公社がＥＵ発足時に国家の要請で破産したので、一〇〇億円を回収するためにロンドン・イタリア間の往復を余儀なくされたのだ。紆余曲折の後に、元金は一〇〇パーセント回収できたからよかったのだが、一年以上を費やしたそのプロセスで、代理人を務めてくれたイタリア人の弁護士と親しくなった。僕がロンドンを離れる時には、ローマの自宅に呼んで家族で送別会を開いてくれたが、薄暗い中世の香りがする古い建物の内部は、現代風にリノベーションがなされており、そのコントラストの見事さがひときわ印象に残っている。一般にイタリア人のイメージは慎重とは程遠いものがあるが、彼は必要以上に慎重なタイプだった。職業柄と言ってしまえばそれまでだが。コロナ禍の直前、国際弁護士大会に出席するため東京を訪れた彼と二〇年ぶりに再会したが、お互い、元気で変わっていないね、と励ましあったものである。少し年上の彼は、今も、元気に暮らしているだろうか。

仕事の話はこれくらいにしておこう。イタリアは美味しい。熱々で食べるステファニアの春野菜のスープ、著者の抑制の効いた品のある文章を読んでいると、スープの湯気が匂い立つような錯覚に襲われる。「料理はいつも私のそばにいてくれて、そのおかげで生きていられる」、何という味わい深い言葉だろう。

ミラノで星を獲ったばかりのマルケージの店で食事をしたことがある。イタリア料理とは思えない大胆な切れ味に仰天していろいろと訊ねていると、本人が出てきて話し込んだ。その後、彼はロンドンのホテルに出店し、そこでも再会した。もちろん、エルブスコに移転したレストランにも訪ねていった。きっと今でも天国で腕を振るっていることだろう。イタリア庶民の味といえば、やはりトマトソース。真夏のメタポントの小さなホテルの夕食は、スターターもパスタもメインも全て同じトマトソースを使っていた。どれもシンプルな料理だったが、僕の人生であれほどトマトソースを美味しいと思ったことはなかった。

料理にはワインがつきものだ。若い頃、ワインに凝っていた時期があった。どちらかといえば、ボルドーよりブルゴーニュが好みだったが、ピエモンテのネッビオーロを知ってからは夢中になった。恰幅の良いアンジェロ・ガヤと食卓を囲んだ時間を思い出す。ワインはもちろん赤だ。

ライパ公爵夫人。「自ら称号を付けて自己紹介する人に会うのは初めてで、私は返答の作法を知らない」と著者は綴る。その公爵夫人の五台のフェラーリと自家製の赤ワイン。自動車雑誌の記事もイタリアでは趣がまるで異なる。フェラーリの赤。「……グイと踏み込むと即、ぴくりと反応する。急にロウに入れると、《どうしたの？》僕に素直に従うものの、納得のいかない声を漏らす。キーを抜き、降りる。完璧なラインのボディに、指先でそっと触れる。奥のほうから唸りが漏れ、まだ小さく震えている」。女性ドライバーが担当するコラムだと次のようになる。「……あえてぎりぎりまで、ギアをアップしない。早くいいところを見せたくて堪らないのでしょう？　そうはいかないわ。低いところでも、盛り上がりを作ってみせてちょうだい。完璧な路面ばかりとは限らないのよ。（中略）硬軟を難なくこなせて初めて、一人前じゃないの」。赤に酔うファンたちの気持ちを推し測る。なるほど、これがイタリアだ。

イタリアといえば本だ。ヨーロッパの出版文化は、一四九四年に設立されたアルド印刷所から始まった。「ヴェネツィア共和国は栄華の頂点を極めた十五世紀頃から、長らく欧州の出版界でも頂点に立ち牽引《けんいん》してきた。ヴェネツィアは、紙の都でもあったのだ」。僕の好きなイタリア文学の古典といえば『デカメロン』、『神曲』、『いいなづけ』の三冊にとどめを刺す。新しいものでは、なんといってもウンベルト・エーコだ。人口に膾炙《かいしゃ》した『薔薇の名前』はあまりにも有名だが、僕は『バウドリーノ』や

『プラハの墓地』の方が好きだ。著者は、「無類の本好き」で、「境界にこだわらない学究心を持つ」エーコ、「はるか彼方の過去に向かって大海原を泳いでいく」エーコの姿をさりげなく描き出す。エーコは、「テゼオの船」という新しい出版社を創設して亡くなった。いかにもエーコらしい命名だ。永遠のパラドックス。「『テゼオの船』は未来を見つめ、過ぎたものへ未来を与えるのです」、アルド・マヌツィオが立ち上げた出版の良心は脈々と生き永らえている。「古代ギリシャが自分の手の中にある！」。

著者が大学時代の一年を過ごしたナポリ。歴史に残る大地震の直後だった。そのナポリのケーブルカーの車内に響く「フニクリ、フニクラ」の即興の合唱。イタリアに音楽は欠かせない。ムーティがスカラで振った『リゴレット』。先の聖年のローマで聴いた聖歌の数々。どちらも、夢のような時間だった。アンドレア・ボチェッリはコロナに負けまいとミラノのドゥオモの前で朗々と歌った。イタリアの劇場は、どこも本当に美しい。双璧は、ファルネーゼ劇場とテアトロ・オリンピコではないか。戸外では、テアトロ・グレコ（タオルミーナ）も捨て難いが。僕は南イタリアが大好きだが、それにはこよなくプーリアを愛したローマ皇帝、フェデリーコ二世の影響もあるのだろう。フェデリーコ二世の足跡を辿ってシチリアからプーリアを歩いた時、偶然に邂逅したトラーニの大聖堂が眼前に浮かぶ。

僕がイタリアへの旅を始めたのは、絵を見るためだった。ロベルト・ロンギの『イタリア絵画史』に道案内を乞いながら、サンセポルクロへ行ったのはピエロ・デラ・フランチェスカに会うためだった。屹立したレオナルド・ダ・ヴィンチを頂点とするイタリア・ルネサンス絵画が素晴らしいのはいうまでもないことだが、古代・中世の絵画にも強く惹かれる。タルクイーニアの地下の墓地のエトルリアの壁画群、パエストゥムのダイバーの墓、トレントの鷲の塔の雪合戦のフレスコ。荒々しいカラヴァッジオが心に残るのは陰翳が描かれているからだ。イタリアは、陽光溢れる約束の地だ。ゲーテのイタリア紀行が描くように。しかし、溢れる陽光の影には底知れぬ陰翳が口を開けている。

垢抜けて多才な人、レナート。周囲は女も男も彼を放っておかない。『デカメロン』そのもののレナートの風変わりな家での集い。「レナートがついと話を変えると、食卓はそのまま空飛ぶ絨毯となって時空を超え、各人各様の記憶を巡る旅が始まる」、著者は、「さまざまな人間模様が反物《たんもの》のように織られていくような話を堪能」する。そのレナートの陰翳、人生を自嘲し諦観している寂しい中年。『十二章のイタリア』が魅惑的なのは、全編が深い陰翳に富んでいるからなのだ。イタリアの本当の魅力がこの一冊にギュッと詰まっている。

半世紀ほど前にエーゲ海でイタリア人の家族に出会った。小学生ぐらいの少年と仲良くなった。父親が仕事で東京に来て彼の消息を教えてくれたこともあった。去年の冬に、彼がフェイスブックで僕を探し当ててくれた。今は、ローマで大学の言語学の教授となっているという。ローマには別府大使を務めてくれている友人もいる。コロナが終焉したら、半世紀にわたって愛用しているグローブ・トロッターに『十二章のイタリア』を詰めて、友人たちに会いにローマに飛んで行きたい。機中で再読したら、イタリアがもっと好きになるに違いない。次の聖年までには、さすがにコロナも終息するだろう。永遠の都に着いたら、ハスラーのテラスで朝のカプチーノを飲み、鍾愛するハドリアヌスの聖天使城とヴィッラ・アドリアーナをもう一度訪ねてみたい。夢は叶うだろうか。

本書は二〇一七年に小社より刊行されたものの文庫化である。

創元ライブラリ

十二章のイタリア
二〇二一年一月二十九日　初版
著　者◆内田洋子《うちだようこ》
発行所◆㈱東京創元社
代表者　渋谷健太郎
郵便番号　一六二―〇八一四
東京都新宿区新小川町一ノ五
電話　〇三・三二六八・八二三一　営業部
〇三・三二六八・八二〇四　編集部
URL　http://www.tsogen.co.jp
DTP・キャップス
印刷・理想社　製本・本間製本

ISBN978-4-488-07081-6　C0195